악마의 음악

OTHER VOICES

경우勁雨 현대 판타지 장편소설

WISHBOOKS MODERN FANTASY STORY

악마의 음악 15

OTHER VOICES

경우勁雨 현대 판타지 장편소설

초판 1쇄 찍은 날 | 2019년 12월 13일
초판 1쇄 펴낸 날 | 2019년 12월 20일

지은이 | 경우
펴낸이 | 예경원

기획 | 위시북스
편집책임 | 이은송
편집 | 위시북스

펴낸곳 | 예원북스
등록번호 | 제396-2012-000132호
등록일자 | 2012. 7. 25
KFN | 제1-501호

주소 | 경기도 고양시 일산동구 호수로 646-24 위너스21Ⅱ빌딩 206A호 (우)10401
전화 | 031-819-9431 팩스 | 031-817-9432
E-mail | yewonbooks@naver.com

ISBN 979-11-365-0675-7 04810
979-11-89564-46-9 (set)

※ 이 도서의 국립중앙도서관 출판시도서목록(CIP)은 서지정보유통지원시스템 홈페이지(http://seoji.go.kr)와 국가자료공동목록시스템(http://www.nl.go.kr/kolisnet)에서 이용하실 수 있습니다.

악마의 음악
OTHER VOICES
15
경우勁雨 현대 판타지 장편소설
WISHBOOKS MODERN FANTASY STORY
Wish Books

CONTENTS

악마의 음악
OTHER VOICES

◈ 1장 ◈

Ready for The Nature(2)

스넵과 네미넴은 경쟁적으로 랩을 내놓았다.

하지만 시간에 쫓겨 그저 빠르게 만들어진 랩은 그들 스스로 만족하지 못했고, 결국 그들은 만든 가사를 찢어버리고 새로 쓰기 시작했다.

자신들이 하고 싶은 이야기가 아닌, 남의 노래에 피처링을 하는 것이고 메인이 될 가사도 나오지 않았기에 랩을 쓰는 것에 난항을 겪고 있는 두 사람이었다.

며칠 사이에 팡타지오의 미국 지부가 완공되었고, 아직 정식 오픈 전이지만 맨하튼 사무실로 출근을 시작한 병준이 피처링 계약서를 들고 학교로 찾아왔다.

외부인이었지만 학교 관계자들 모두가 병준의 얼굴을 알고 있었기에, 자연스럽게 경비 아저씨께 인사를 하고 학교로 들어온 병준이 뮤지션들이 작업하고 있는 녹음실 문을 열고는 쓴웃음을 지었다.

그 큰 덩치의 스넵이 간이 의자에 쪼그리고 앉아 머리를 쥐어뜯고 있었기 때문이었다.

네미넴 역시 비슷한 포즈였지만 그는 상대적으로 덩치가 작았기에 덜 안쓰러워 보였다.

"저기…… 안녕하세요, 케이 매니저 리입니다."

스넵이 선글라스 너머로 병준을 힐끔 보며 대충 손을 흔들었다.

네미넴 역시 손만 들어 네가 온 것을 알고 있다는 정도의 인사만 건네는 것을 본 병준이 어색하게 웃으며 말했다.

"여기서 이러지 마시고, 저희 회사 지부에 가서 작업하시죠, 녹음만 여기서 하면 되니까요."

안 그래도 허리가 아팠는지 병준의 말에 즉시 자리에서 일어나며 허리를 돌리며 풀어준 스넵이 말했다.

"어이고, 허리야. 일찍 좀 말하지 그랬어요."

"하하…… 실은 저도 어제나 되어서야 사무실로 들어갈 수 있었거든요."

"음, 네미넴. 가자, 여긴 너무 불편해."

네미넴이 말없이 따라붙자 병준이 앞서 그들을 안내했다.

줄리어드에서 충분히 걸어서 이동할 수 있는 가까운 거리였지만 유명인인 그들과 함께 맨하튼 시내를 걸었다가는 어떤 일이 생길지 몰랐기에 학교 앞에 대기시켜 둔 차를 탄 세 사람은 2분도 안 되어 팡타지오의 붉은 벽돌 건물 앞에 도착했다.

높은 빌딩은 아니었지만, 부지가 넓어 꽤 큰 규모의 5층 빌딩은 아직 간판이 걸려 있지 않았다.

차에서 내려 잠시 빌딩을 올려다본 스넵이 어기적대며 1층으로 들어가자, 경호원이 다가와 용무를 물으려 했다.

멀리서 봐도 누구인지 티 나는 사람에게 뭐 하러 왔냐고 묻는 것도 애매한 상황에서 뒤따라 들어온 병준을 본 경호원들이 말없이 비켜서며, 엘리베이터까지 눌러주는 것을 본 스넵이 피식 웃었다.

“외부인 취급 제대로 하는군.”

엘리베이터 앞에 선 병준이 웃으며 말했다.

“죄송합니다, 린 이사님께서 미국 지부의 직원 전원을 미국인으로 구성하라고 지시하셔서요, 아직 출근한 지 얼마 안 된 직원들이라 업무가 제대로 돌아가지 않습니다, 이해 부탁드립니다.”

스넵이 대충 고개를 끄덕이며 도착한 엘리베이터에 탄 후 층수를 보고 휘파람을 불었다.

"휘익, 그냥 5층 건물이 아니었군, 지하 5층까지 있네?"

스넵의 말에 엘리베이터 버튼을 살핀 네미넴이 4층을 보고 물었다.

"4층은 아예 Kay라고 쓰여 있네요, 여긴 케이의 전용 공간인가 보지요?"

병준이 웃으며 4층 버튼을 눌렀다.

"네, 맞습니다. 230평의 공간 전부가 케이를 위한 공간이지요, 그 정도로 우리 팡타지오의 간판스타니까요, 지하 4~5층은 주차장입니다. 지하 1~3층은 앞으로 팡타지오 소속 연예인들의 연습실이 될 공간이고, 아직 공사 중이죠, 아마 시즈카와 케빈도 지하를 쓰게 될 겁니다. 1층은 로비와 면접, 외부 손님의 접견실이고, 2층은 아직 용도가 없습니다. 3층이 직원 전용 사무실이고, 5층은 경영진이 사용하게 됩니다. 또 옥상에도 테라스 등의 휴식 공간을 넣을 생각입니다."

스넵이 팔짱을 끼며 올라가고 있는 엘리베이터를 보았다. 4층에 도착하자 층수를 알리는 붉은 등에 4층이 아닌 Kay라고 써진 것을 본 스넵이 부러운 눈을 했다.

"칫, 나도 이런 건 없는데, 이거 좀 있어 보이지 않냐, 네미넴?"

네미넴이 엘리베이터에서 내리며 피식 웃었다.

"너희 집에 만들던가."

"우리 집은 다 내 공간인데 이런 걸 왜 만드냐!"

"부러우면 지는 거다. 내리기나 해."

건의 층에 내린 네미넴이 탄성을 질렀다.

"와아! 죽이는데?"

엘리베이터에서 내리자마자 처음 보이는 것은 하얀 대리석 벽이었다. 건의 음악 작업을 방해하지 않도록 엘리베이터에서 내린 후 분리형 복도를 지나 왼쪽으로 가야 자동문이 나왔다.

하얀 대리석은 벽과 바닥 모두를 장식하고 있었고, 벽에는 대리석에 직접 새긴 건의 라이브 사진들과 뮤직비디오 스틸컷들이 가득했다.

휘파람을 불며 그것을 구경하던 네미넴과 스넵을 본 병준이 자동문으로 다가서며 말했다.

"이쪽입니다."

자동문이 열리고 나자, 이번에는 스넵이 탄성을 질렀다.

"와우! 분리형이 아니라 일체형이었어?"

230평의 공간은 거대한 하나의 방이었다. 오직 작업을 위한 녹음 부스만 분리되어 있었고, 그마저 한쪽 구석에 자리 잡고 있기에 엄청나게 넓어 보였다.

한쪽 벽이 모두 통유리로 되어 있는 방 한 켠에 베이지색 가죽 소파가 있었는데, 열 명도 넘게 앉을 수 있을 것 같았다.

소파의 옆 아일랜드 스타일의 주방은 주방이라기보다는 카페테리아 같은 느낌이었다.

전문 카페에나 있을 만한 에스프레소 머신과 대형 냉장고, 각종 그릇과 예쁜 컵들로 장식된 곳으로 달려간 스넵이 냉장고 문을 열고 소리쳤다.

“술이 없잖아!”

냉장고 안에 음료가 가득했지만, 술이 없는 것에 실망한 스넵을 본 병준이 웃으며 주방 옆 벽에 있는 버튼을 누르자, 벽이 스르르 열렸다.

넓은 공간은 아니었지만, 벽 내부에는 와인과 위스키, 맥주가 있는 공간이 나왔다. 그것을 본 스넵이 반색하며 술병 하나를 들고는 선글라스를 위로 올리며 자세히 보았다.

“막걸리? 이게 뭐야?”

“하하, 한국 전통주입니다, 나중에 한 번 맛보시죠.”

“술에 나중이 어디 있소? 술은 보자마자 먹는 거요.”

막걸리를 따려는 스넵을 본 병준이 손을 내밀었다.

“하하, 흔들어서 드셔야 합니다. 이리 주세요.”

막걸리를 흔들어 잘 섞은 후 병을 따서 스넵에게 준 병준이 컵을 찾기도 전에 주둥이에 입을 대고 병나발을 불던 스넵이 인상을 찌푸렸다.

“크흡! 이게 무슨 맛이야? 크림 소다에 설탕 뿌려놓은 맛이네, 에이 퉤퉤.”

컵을 주려던 병준이 피식 웃었다.

"싱글몰트위스키나 맥주처럼 안주 없이 마시는 술이 아니라서 그렇습니다. 나중에 한국 안주와 함께 드셔보세요. 자 그럼 이쪽으로 오세요."

주방의 반대편, 멋들어지게 장식된 녹음 부스 옆 컨트롤박스에는 긴 책상이 붙어 있었다.

처음부터 작곡을 위한 공간으로 만들어둔 것인지, 여러 악기가 세워져 있었고 다른 뮤지션들과의 협업을 위해서인지 여러 개의 편한 의자들이 놓여 있었다.

병준이 일명 회장님 의자라고 불리는 비싸고 편해 보이는 의자를 권했다.

"여기서 편하게 작업하시면 됩니다, 케이에게는 제가 말해두겠습니다."

스넵이 의자에 편안히 앉으며 눈을 감았다.

"휴우, 편하군. 학교에 있는 간이 의자는 작아서 엉덩이가 다 들어가지도 않았는데 말이야."

병준이 컨트롤박스 바로 옆에 있는 버튼을 조작하자, 벽에서 킹사이즈 침대가 내려왔다.

"혹시 휴식이 필요하실 때 사용하세요. 조작법을 모르실 테니 내려두고 가겠습니다."

네미넴이 신난 표정으로 침대 위로 뛰어 올라갔다.

"난 여기서 작업해야지!"

침대 매트리스가 마음에 드는지 엉덩이를 들썩거리는 네미넴을 본 병준이 웃으며 말했다.

"먼저 피처링 계약부터 하시죠. 여기 계약서입니다."

스넵과 네미넴에게 차례로 계약서를 건네준 병준이 말했다.

"요구하신 대로 피처링의 대가로 별도의 비용 대신 두 분께 한 곡씩 케이가 작곡을 해준다는 계약서입니다. 곡을 드리는 기한은 계약서 날인부터 1년 내이고, 곡의 길이는 3분 23초 이상으로 명시하였습니다."

네미넴이 계약서를 대충 살펴본 후 가사를 쓰기 위해 가지고 있던 펜을 꺼냈다.

"곡 받을 때 우리 쪽에서 추가 비용을 주겠다고 했었는데, 그 내용이 빠졌네요?"

"아, 그건 케이 쪽에서 거절했습니다, 어려울 때 바로 도와주시겠다고 달려오신 분들인데 추가 비용을 받을 수는 없다고 하네요."

"호오, 좋네요. 바로 사인하죠."

네미넴은 바로 사인을 하고 계약서를 넘겨준 후 다시 병준에게 손을 내밀었다.

무슨 뜻인지 알고 있었던 병준은 또 다른 계약서를 꺼내며 웃었다.

자신의 계약서를 다 읽고 사인한 스넵이 고개를 들자, 네미넴이 또 다른 계약서를 쓰고 있는 것이 보였다.

"야, 그건 뭐냐?"

네미넴이 피처링 계약서와는 달리 무척 두꺼운 계약서를 꼼꼼하게 읽고 있다가 손을 휘휘 저으며 말했다.

"어, 나 여기로 옮기려고."

"헉! 뭐?"

"회사 이리로 옮긴다고."

"지, 진짜?"

"몬타나도 있고, 케이도 있고, 시즈카도 있는 회사인데 이제 미국 진출했다고 하지만 인지도는 충분하잖아, 거기에 케이 그 녀석이 있는 회사인데 망할 리도 없고 말이야. 린 이사한테 빌붙으려고, 그 여자 천재잖아. 히히."

"제, 제길! 언제부터 그런 생각 한 거냐! 나한테 상의도 없이!"

네미넴이 인상을 찌푸리며 스넵을 보았다.

"너랑 나랑 회사도 다른데 왜 상의를 해? 네가 내 보스야? 그리고 넌 소속 회사도 없잖아, 너 데스 로우에서 나온 지 꽤 되지 않았어?"

"그…… 그렇지."

"그럼 뭔 상관이야, 혼자 앨범 내는 놈이."

네미넴이 계약서 검토를 하다가 병준에게 물었다.

"2층 비어 있죠? 나도 내 공간이 있었으면 좋겠는데, 집에 작업실이 있긴 하지만요."

병준이 흔쾌히 고개를 끄덕였다.

"이사님께서도 그 부분을 생각하고 계십니다."

마지막 남은 2층이 네미넴의 공간으로 돌아가게 생기자 마음이 급해진 스넵이 외쳤다.

"반씩 써!"

병준과 네미넴이 동시에 스넵을 돌아보자, 그가 사인을 한 피처링 계약서를 병준에게 넘겨주며 말했다.

"나도 계약할 테니 계약서 줘요."

"예?"

"계약한다고요, 여기 들어올 테니까 계약서에 2층 반씩 나눠서 저 녀석이랑 같이 쓰게 해줘요."

생각지도 않은 대형 계약이 추가로 들어오자 병준의 입이 귀에 걸렸다.

"하하, 알겠습니다! 바로 준비하죠. 여기서 작업하실 테니 일하고 계시면 금방 계약서를 만들어 오겠습니다."

병준이 놓칠 수 없는 계약에 신이 나서 엘리베이터를 타고 사라지자, 네미넴이 인상을 쓰며 스넵을 째려봤다.

"야, 너 여기 나 혼자 쓰는 거 배 아파서 들어오는 거지?"

"닥쳐 이 비겁한 자식아. 나도 린 이사 하는 거 보고 예전부터 생각했던 거야, 패션 디스트릭트의 뮤직비디오도 그렇고 향후 행보도 다 지켜보고 있었다고."

"제길, 자존심 상하게 케이보다 작은 공간을 갖게 생겼잖아."

"킬킬, 어차피 우린 그 녀석한테 음악으로 상대 안 된다는 거 알잖아, 키키. 너나 나나 이제 찌질이라고."

뭐라고 반박하려던 네미넴이 피식 웃었다.

"뭐…… 뭐라고 반박하기가 어렵네. 그 녀석이 본격적으로 나오면 어쩔 수 없겠지. 땅의 노래 하나만 봐도 우리가 지금까지 해온 음악은 뭔가 싶잖아."

농담을 던졌던 스넵마저도 한숨을 쉬며 수긍했다.

"그러게, 옆에 붙어 있어야 트랜드에 따라갈 수라도 있겠지. 어쩌다 우리가 이렇게 됐냐, 제기랄."

♪♪♩

조지아의 종합병원 VIP 병실.

할머니와 손녀가 함께 소파에 앉아 있었지만, 두 사람은 각자 다른 일을 하고 있었다.

병실에 누워만 있던 할머니는 며칠 전부터 거동이 가능할

정도로 상태가 호전되어 가끔 소파에 앉아 좋아하는 책을 볼 정도의 여유가 생겼다.

병원 측에서는 할머니의 상태에 놀라 이틀에 한 번씩 검사했지만, 특별히 암이 나아가는 것은 아님에도 불구하고 통증을 느끼지 않는 할머니의 몸을 신기한 연구대상 보듯 하다가 그레고리의 호통에 꼬리를 말고 모든 검사를 중단했다.

평온한 표정으로 책장을 넘기고 있던 할머니가 손녀의 모습을 바라보며 미소를 지었다.

키스카는 뭔가 고민스러운 일이 있는지 소파에 엎드려 누워 세 장의 종이를 펴고 있었다.

처음 두 장의 종이에 뭔가를 써 내려갈 때는 막힘 없이 술술 쓰던 키스카는 마지막 한 장의 종이를 앞에 놓고 낙서만 하다가, 고개를 묻고 발을 동동 굴렀다.

"도대체 왜 이것만 안 되는 거야, 히잉!"

키스카에게 방해가 되지 않기 위해 조용히 책을 읽던 할머니가 푸근한 미소를 지으며 책을 덮었다.

"뭐가 안 되니?"

키스카가 고개를 돌려 자신의 발 부근에 앉아 있는 할머니를 보고는 자세를 바꾸어 할머니의 허벅지를 베고 누웠다.

동그란 눈을 뜨고 자신을 올려다보는 손녀가 귀여웠는지 따뜻한 체온이 담긴 손으로 키스카의 머리를 매만져 준 할머니가 말했다.

"고민이 있고, 뭔가 안 풀릴 때는 전혀 다른 일을 해봐. 그럼 어느 순간 답이 떠오르기도 한단다."

키스카가 눈을 파르르 떨며 볼을 부풀렸다.

"벌써 두 달이 넘었단 말이야, 그저께 새로 받은 곡 두 개의 가사는 벌써 다 썼는데, 한 개만 안 돼, 아무 생각이 안 나. 왜 그럴까?"

할머니가 인자한 표정을 지으며 키스카의 앞머리를 정리해 주었다.

"무슨 곡인데? 할머니도 한 번 들어볼까?"

"맨날 듣잖아, 할머니. 할머니가 잘 때 내가 들려주는 음악 말이야. 그거 제목이 물의 노래인데 원래 음악을 들으면 가사가 떠오르는데 이건 아무 생각이 안 나, 할머니."

"아, 그 편안한 음악 말이구나. 피아노 소리랑 기타 소리가 무척 편안한 느낌을 주더구나, 그걸 얼마 전에 왔다 간 그 청년이 만들었던 거니?"

키스카가 자세를 고쳐 옆으로 돌아누우며 말했다.

"응, 우리 오빠가 만든 노래인데, 나한테 가사를 부탁했어. 오빠 첫 앨범에 들어갈 건데 내가 걸림돌이 되고 있는 것 같아서 미칠 것 같아."

"호호, 나머지 두 곡은 이미 만들었다면서, 하나만 더 하면 되니까 마음 편하게 먹어."

키스카가 머리를 쥐어뜯었다.

"편하지가 않아, 히잉. 시간을 두고 천천히 생각하면 떠오를 거라고 생각했는데 벌써 두 달 동안 한 글자도 못 썼단 말이야!"

할머니가 잠시 생각을 해본 후 문득 물었다.

"음악을 들으면 가사가 떠오른다고 했지? 어떤 식으로 떠오르는 거니?"

키스카가 다시 자세를 고쳐 앉으며 천장을 바라보고는 뭔가를 만지는 듯 손을 꼼지락거렸다.

"있잖아, 나는 음악을 듣거나, 책을 읽으면 그걸 만든 사람이 어떤 감정을 싣고 싶은지가 보여. 그리고 머릿속에서 이렇게 붕 붕~ 글자들이 막 떠올라."

"호호, 그래?"

귀여운 키스카의 모습에 다시 한번 웃음을 지은 할머니가 소녀를 내려다보자 다시 볼을 부풀린 키스카가 불만스러운 눈을 떴다.

"그런데 물의 노래만 안 떠올라! 분명히 오빠가 어떤 감정으로 만든 음악인지 색이 분명하게 보이는데, 아무 글자도 안 떠오른다고!"

할머니가 키스카의 통통하게 살 오른 볼을 만져주며 웃었다.

"그럼 그것대로 좋은 것이 아닐까?"

키스카가 큰 눈을 깜빡이며 할머니를 보았다.

"응? 그것대로 좋은 게 뭐야, 할머니?"

할머니가 오랜 시간 살아온 자의 지혜로운 표정을 지으며 말했다.

"어떤 음악을 들어도 떠오르던 가사가 떠오르지 않는다면, 그 곡은 가사가 없을 때 가장 빛나는 곡이라서가 아닐까 해서."

키스카가 눈을 깜빡이며, 곰곰이 생각에 잠겼다가 부스스 일어났다.

잠시 할머니를 빤히 보던 키스카가 할머니에게 와락 안기며 외쳤다.

"할머니! 그거였어, 그게 맞나 봐! 역시 우리 할머니 최고야! 으헤헤."

할머니가 안겨 오는 키스카의 등을 두드려주며 인자하게 웃었다.

"호호, 속단하지는 말고 천천히 자신의 상태에 대해 돌아보거라. 하지만 이 할머니가 생각하기에 우리 키스카가 떠올리지 못하는 가사는 누구도 떠올리지 못할 거라고 생각한단다."

할머니의 따뜻한 마음이 느껴진 키스카가 환한 웃음을 지으며 할머니를 더 꼭 안아주었다.

잠시 할머니의 체온을 느끼며 행복한 표정을 짓던 키스카가 벌떡 일어나 전화기를 들었다.

"오빠한테 말해야지!"

몇 분 전과 다르게 신이나 보이는 손녀를 푸근한 웃음으로 보는 할머니였다. 키스카는 할머니의 휴식을 방해하지 않기 위해 병실을 나서 복도를 걸으며 건에게 전화를 걸었다.

미국 시각으로 오전 11시가 넘었으니 케이의 휴식에도 방해가 되지 않겠다 싶어 전화를 건 키스카가 자다 일어난 듯 목이 잠긴 건의 목소리를 듣고 놀랐다.

-으음…… 여보세요?

"어? 오빠, 어디 아파?"

-잠깐만…… 쿨럭.

"오빠, 오빠! 왜 그래, 어디 아파? 뭔데, 감기야?"

물을 마시는 듯 꿀꺽거리는 소리가 들린 후 조금 나아진 건의 목소리가 들렸다.

-으핫, 시원하다. 아니야 그런 거.

"그럼 뭔데, 거기 오전 11시인데 아직도 잤어?"

-그게 아니라, 맨하튼에 팡타지오 지부가 오픈했거든. 거기 내 공간도 생겼고 말이야.

"응, 지난번에 말했잖아, 나중에 나도 데려가기로 약속했고."

-응, 그런데 생각지도 않은 술 귀신이 와버려서 어제도 당했어.

"잉? 무슨 말이야 그게?"

-하하, 그런 게 있어. 나중에 소개해 줄게.

"귀신을 소개해 주겠다고?"

-히히, 말이 그렇다는 거고 인간이야, 걱정 마. 술 많이 마셔서 그런 거니 걱정 안 해도 돼, 어디야?

"나 할머니 병원이지."

-응 할머니는 좀 어떠셔?

"의사들 말로는 벌써 사단이 났어야 하는데, 상태가 너무 좋아서 이상하대, 맨날 할머니 피 뽑고 사진 찍고 하다가 아빠한테 걸려서 병원 폭파 직전까지 갔었지."

-하하, 눈에 선하다. 그래서 지금은 괜찮고?

"응, 아빠가 병원 원장 머리에 총 들이밀었더니 의사들 다 사라졌어. 전담 간호사만 남고 이제 귀찮게 안 해."

-키키, 재미있었겠다.

"응, 응! 나 다 큰 아저씨 오줌 싸는 거 처음 봤어, 히히."

농담으로 받아들였던 것이 진짜임을 알아챈 건이 식은땀을 흘렸다.

-그, 그래?

"응! 웃기더라, 히히."

-으…… 으응.

"오빠 물의 노래 있잖아."

-응? 아, 응.

"그거 가사 안 써져서 미치려고 했는데 할머니랑 대화하다가 알아낸 것이 있어."

-어? 할머님?

키스카는 할머니와의 대화 내용에 대해 건에게 장황한 설명을 늘어놓았다.

가만히 키스카의 말을 듣고 있던 건이 말했다.

-음…… 그러니까 가사가 떠오르지 않는 것은 가사가 없을 때 곡의 완성도가 가장 높아서인 것 같다는 거지?

키스카가 혹시 자신이 가사를 못 만들어 변명하는 꼴이 되지 않기 위해서인지 열심히 설명했다.

"응, 진짜야. 오빠도 알잖아, 나 가사 금방 쓰는 거. 그런데 물의 노래는 아무리 기다려도 한 글자도 떠오르지 않아."

-으음…….

잠시 생각에 잠기는지 침묵하는 건을 초조한 마음으로 기다리는 키스카가 그의 침묵이 길어지자 발을 동동 굴렀다.

'어떡하지, 오빠가 실망한 건 아니겠지?'

하지만 키스카의 그런 걱정은 기우에 불과했다. 키스카의 능력을 누구보다 잘 아는 건이 그러한 오해를 할 리는 없었다.

-그래, 우리 키스카가 그렇다면 그런 거겠지, 알았어. 그럼 땅의 노래랑 바람의 노래 가사만 보내줄래?

전화기를 붙잡고 있던 손에 땀이 흥건해질 만큼 긴장했던 키스카의 표정이 확 밝아졌다.

"응! 바로 보내줄게!"

-고마워 그리고…… 물의 노래에 아무 가사를 안 붙이는 건 네 말을 따르겠지만 아마 허밍이라도 넣어야 할 것 같아. 회사에서 연주곡은 싫어해서 말이야.

"응, 그건 오빠가 알아서 해. 설마 내가 '응응!', '오오오!' 하는 가사도 써줘야 하는 건 아니지?"

-하하, 설마.

"히히 알았어! 그럼 바로 보내줄게!"

-응, 고마워 키스카.

"아니야, 오빠."

전화를 끊은 키스카가 가만히 전화기에 뜬 건의 이름을 내려다보다가 전화기를 품에 꼭 끌어안고 행복한 표정을 지었다.

건에게 도움이 되었다는 사실이 마냥 기쁜 키스카가 신나게 달려 VIP 병실로 돌아갔다.

점심이 막 지난 시각.

레드 케슬을 나선 건이 학교로 가 샤론 교수를 만났다.

그녀에게 학교 근처에 팡타지오 지부가 생겼음을 알리자, 샤론은 즉시 학장에게로 찾아가 조금 더 나은 환경에서 음악을 만들 수 있도록 매일 오전 학교에 와서 교수에게 얼굴도장만 찍고 팡타지오의 작업실을 이용할 수 있도록 허락해 주었다.

협의를 마친 샤론이 교수실에서 기다리고 있는 건에게 돌아와 웃으며 말했다.

"이야기는 잘 되었어요. 호호."

건이 반색하며 자리에서 일어나 감사를 표했다.

"역시! 교수님이 최고예요!"

샤론이 소파에 앉으며 웃었다.

"이제 케이에게 도움을 줄 수 있는 일이 이런 일밖에 안 남아서 서운하네요. 교수로서 좀 더 도움을 주고 싶지만 그러기엔 이미 너무 커버린 제자니까요, 호호."

말은 그리 했지만, 건의 현재 모습이 못내 자랑스러운지 웃음을 숨기지 못하는 샤론이었다.

건과 이런저런 근황을 나누던 샤론이 물의 노래에 가사를 붙이지 않고 허밍을 붙인다는 이야기를 듣고 고개를 갸웃하며 물었다.

"음, 그래요? 가사가 없는 곡이라……."

"네, 예전 가위 손의 음악처럼 허밍으로 갈 생각이에요, 음악에 방해가 안 되는 선에서요."

샤론의 표정에서 웃음기가 점점 사라지는 것을 본 건이 의아한 눈으로 물었다.

"왜 그러세요, 교수님?"

진중한 표정이 된 샤론이 손톱을 입술로 가져가 깨물었다. 잠시 생각에 잠긴 듯한 샤론의 모습을 본 건이 가만히 그녀의 말을 기다리자, 생각의 정리를 끝낸 듯 보인 샤론이 입을 열었다.

"키스카의 능력은 저도 알고 있어요."

건이 놀랐는지 눈을 동그랗게 떴다.

"예? 교수님이 어떻게 아세요?"

"그 아이…… 감정을 읽을 수 있지요?"

"헉…… 그걸 어떻게……."

"글을 쓰는 걸 보고 눈치챘어요, 보통 아이는 아니었죠. 그리고 제가 보기에는 케이에게도 그런 능력이 있다고 생각하고요."

"그, 그게……."

"말하기 힘들면 말하지 않아도 돼요. 제가 말하고 싶은 건 그런 사실을 캐내는 것이 아니니까요."

잠시 숨을 고른 샤론이 건의 눈을 직시하며 말했다.

"키스카가 가사가 떠오르지 않는다고 한 것은 누군가의 목소리가 가미되지 않은 곡이 가장 완성도 높은 곡이기 때문이라고 생각해요, 제 생각에는 허밍도 넣지 않는 것이 좋을 것 같군요."

샤론의 의견을 들은 건이 그녀를 빤히 보며 생각에 잠겼다. 그녀가 키스카와 자신의 능력을 알고 있다는 놀라운 사실은 곡에 대한 고민으로 인해 건의 머릿속에서 빠르게 사라졌다.

그리고 오직 음에에 대한 고민을 머릿속을 가득 채운 건이 생각에 빠져들자, 샤론이 자리에서 일어나 차를 끓이려는 듯 건을 등지고 포트에 물을 데웠다. 어깨너머로 건을 힐끔 본 샤론의 표정이 진중해졌다.

'케이. 허밍이 들어가는 순간 곡의 방향이 달라질지도 몰라요. 그것을 들은 수많은 사람은 그 힘에 의해 운명이 달라질지도 모릅니다. 부디 생각을 달리 해주세요.'

영문 모를 소리를 마음속으로 한 샤론이 조용한 교수실에서 부글부글 소리를 내며 끓고 있는 포트를 바라보았다.

♪♪♩

팡타지오 4층 Kay Floor. 벽과 바닥이 모두 하얀 대리석으로 이루어져 있어 무척 밝아 보이는 공간.

창가에 있는 거대한 베이지색 가죽 소파에 혼자 앉은 건이 양반다리를 하고 앉아 창밖을 보고 있었다.

손에 쥐고 있는 핸드폰에 연결된 블루투스 스피커에서 물의 노래가 흘러나왔지만, 병원에서의 스피커와 달리 방 전체에 있는 스피커를 통해 방 구석구석까지 빈틈없이 음악이 전달되고 있었다.

학교에서 사론과의 대화를 떠올린 건이 허밍을 넣으면 어떤가 싶어 낮게 음을 웅얼거리기 시작했다.

"아~ 아아, 아아아~"

어떤 곳은 낮고 편안하게, 또 어떤 곡은 풍성한 중음과 저음을 섞어서, 클라이맥스에서는 불편하지 않을 만큼의 고음을 사용해 허밍을 해보던 건의 귀에 이질적인 소리가 들렸다.

"사아아아악! 하아아아악!"

갑자기 들려온 소리에 창밖에 둔 시선을 창틀로 돌리자, 창틀에 편안히 앉아 있던 루시가 송곳니를 드러내고 있는 것이 보였다.

이 소리가 고양이 특유의 으르렁거리는 소리가 경계의 의미라는 것을 알고 있던 건이 허밍을 멈추고 루시에게 손을 내밀자, 금방 천사 같은 표정으로 건의 손을 핥는 루시였다.

"루시야, 왜 그래?"

루시는 건의 집에 살다가 구시온과 파이몬이 집에 오기 직전 린의 지시에 의해 병준이 데리고 나갔었다.

하지만 팡타지오의 건물이 완공되자, 다시 이곳에서 살고 있었다.

루시는 자유롭게 사무실을 누비고 다녔지만, 이상하게 건이 사무실에 올 때면 그의 곁에서 떨어지지 않았다.

손에 옆구리를 비비고 놀아달라 보채는 듯 앞발로 건의 손을 건드리는 루시를 가만히 내려다본 건이 미소를 지었다.

"왜, 너도 샤론 교수님 말처럼 허밍을 넣은 음악이 싫은 거야?"

루시가 바닥에 등을 대고 누워 건의 손을 붙잡고 살짝 깨물었다.

"아야, 아파 이 녀석아."

루시는 건의 말을 알아들었는지 예쁜 눈을 동그랗게 뜨고 건을 살폈다.

귀여운 루시의 머리와 엉덩이를 쓰다듬어 준 건이 다시 음악을 재생한 후 허밍을 하며 루시의 눈치를 보자, 순식간에 사나운 표정으로 바뀐 루시가 다시 으르렁거렸다.

의아한 눈으로 루시를 보던 건이 물의 노래 재생을 멈춘 후 가위손의 음악을 재생했다. 스피커를 타고 허밍송이 나오고 있었지만, 뒷발을 들고 배를 핥고 있는 루시는 별 관심이 없어 보였다.

"입으로 직접 허밍을 해야 반응하는 건가? 하긴 강아지 중에도 주인이 노래 부르면 따라서 부르는 아이들이 있었지."

건이 가위손의 음악에 맞춰 허밍을 시작했다.

음울하고 낮은음의 허밍을 아무리 불러봐도 꼬리를 바닥에

톡톡 치며 창밖에 시선을 던지고 있는 루시는 별 반응이 없었다.

"이 노래는 아닌가?"

건이 시즈카의 앨범에 실린 곡 중 피아노 연주로만 이루어진 곡을 재생한 후 다시 허밍을 해보았지만, 루시는 졸린 듯 머리를 바닥에 툭 떨구고 옆으로 누워버렸다.

"뭐야, 물의 노래에만 그러는 건가?"

건이 다시 물의 노래를 재생하고 허밍을 하자 벌떡 일어나 등을 곧추세운 루시가 상체를 낮추고 소리를 냈다.

"사아아아악! 하악! 하아아악!"

건이 허밍을 멈추고 루시를 보았다. 한참 울어대던 루시는 곧 혀를 날름거리며 엉덩이를 바닥에 붙였다.

음악은 여전히 재생되고 있지만, 다시 예쁜 표정으로 돌아온 하얀 고양이는 건과 눈을 맞추고 있었다.

건이 다시 허밍을 하기 위해 입을 동그랗게 오므리자 다시 엉덩이를 바닥에서 뗀 루시의 표정이 사나워졌다.

루시의 반응이 귀여웠던지 몇 번이나 반복하던 건이 웃으며 루시를 안아 들었다.

"히히 재미있네."

소파에 누워 루시를 높게 들었던 건이 고양이를 가슴 위에 올리고 눈을 마주쳤다.

"허밍하는 거 싫어? 그래서 그러는 거야?"

고양이의 눈은 인간이나 개와는 다르게 생겼다. 빨려들 것 같이 세로로 쪼개진 동공을 보던 건이 루시를 만져주자 목 부근으로 기어 올라온 루시가 일명 꾹꾹이라는 행동을 하며 건에게 애정을 표했다.

목 뒤로 손을 넣어 깍지를 낀 건이 천장을 보며 고민에 잠겼다.

♪♪♩

그 시각, 건이 생각에 잠긴 층의 바로 위층, 경영진의 사무실에 홀로 창가에 서서 팔짱을 끼고 있던 린이 창밖에 시선을 던지며 중얼거렸다.

"물의 노래는 안 됩니다. 지금도 너무 위험한 곡이에요, 건."

건의 층에 CCTV가 설치된 것도 아니고, 완벽한 방음 시설이 된 4층의 소리가 들려오는 것도 아니었지만 린은 아래층의 건이 무엇을 하는지 정확히 알고 있는 듯했다.

무거운 표정으로 창밖을 보고 있던 린이 또다시 중얼거렸다.

"그냥 두세요. 뭔가를 덧붙이는 것은 한계를 뛰어넘는 것이 아니라 곡을 망치는 것입니다. 그것도 아주 무서운 결과를 낳을지도 몰라요."

린의 눈에 뭔가를 바리바리 싸 들고 팡타지오 건물 앞의 차에서 내리는 두 남자가 보이자, 살짝 고개를 끄덕인 린이 인터폰을 눌러 로비를 연결했다.

"손린입니다. 스넵과 네미넴의 층은 아직 완공되지 않았으니 케이의 방으로 모셔요."

"네, 이사님."

짧은 대답만을 한 경호원이 나서 스넵과 네미넴에게 무어라 말을 건네는 것을 확인한 린이 안도의 한숨을 쉬었다.

4층 소파에 앉아 물의 노래를 듣고 있던 건이 음악 때문에 누군가 들어오는 인기척을 눈치채지 못하고 루시를 안은 채 누워 있다가, 누군가 들어오는 것을 눈치챈 루시가 훌쩍 뛰어 창틀로 뛰어들자 일어나 입구를 보았다.

"어! 오셨어요?"

핸드폰을 조작해 음악을 끄자 불만스러워 보이는 스넵이 가져온 짐 꾸러미를 바닥에 내동댕이치며 말했다.

"뭐야, 오늘까지 완성해 준다더니, 왜 또 하루가 늦춰졌다는 거야?"

네미넴이 들고 있던 종이봉투에서 주섬주섬 먹을거리를 꺼내 테이블에 올려두며 말했다.

"인테리어 공사하다 보면 그럴 수도 있지 뭐. 이봐, 케이. 오늘 하루만 더 여기서 신세 지자."

건이 반가워하는 표정으로 말했다.

"저야 좋죠. 여긴 너무 넓어서 혼자 있으면 적적하거든요, 히히. 그거 먹어도 돼요?"

넉살 좋게 네미넴이 꺼내놓은 소시지 하나를 입에 문 건이 자신의 방을 여기저기 뒤져보고 있는 스넵을 보며 물었다.

"뭘 그렇게 보세요?"

스넵이 주방 옆 술 창고의 버튼을 누른 후 심각한 표정을 지었다.

"만약에 완공이 됐는데, 내 방에 이런 게 없으면 여기에 미사일을 쏴버리겠어."

스넵의 말에 소시지를 먹는 것을 멈추고 식은땀을 흘리는 건을 본 네미넴이 피식 웃었다.

"너 미사일 없잖아, 이놈아."

"그냥 나의 분노를 표현하는 방법이다. 자식아."

"헛소리 말고 빨리 먹고 작업 시작하자."

스넵이 소파로 돌아오는 중 다시 엘리베이터가 멈추는 소리가 들려왔다.

건의 층은 외부인이 함부로 들어오지 못하는 층이기도 하고, 자신의 층에 엘리베이터가 설 때만 내부에 소리가 울리기에 세 사람 모두 입구 쪽으로 고개를 돌렸다.

누군가 복도를 지나는 소리가 들리고 자동문이 열리자 시즈카가 뭔가를 잔뜩 짊어지고 환한 표정으로 들어오다가 스넵과 네미넴을 보고 몸을 굳혔다.

익숙한 건과는 달리 스넵과 네미넴을 처음 마주하는 시즈카는 덩치 큰 래퍼들의 위압감에 압도되었는지 어깨를 움츠리고 눈치를 보았다.

“시즈카! 왔어?”

건이 다가가 시즈카의 팔을 잡아끌어 다행이지 안 그랬으면 그녀는 울었을지도 모른다.

그냥 쳐다만 봐도 무서운 스넵이 있었기 때문이다.

스넵이 있는 소파 쪽으로 오기 싫었는지 머뭇거리던 시즈카가 10인용 소파에서 스넵에게서 가장 먼 곳에 자리를 잡았다.

스넵, 네미넴, 건이 먹거리를 먹기 위해 한구석에 모여 앉아 있고 시즈카 혼자 멀찍하게 떨어져 있는 이상한 모습이 연출되자 건이 말했다.

“뭐야, 가까이 와.”

건이 자신의 옆자리를 손을 툭툭 치자, 조금씩 엉덩이를 움직여 가까이 오면서도 스넵을 경계의 눈초리로 보는 시즈카였다.

스넵은 이런 광경이 익숙했는지 아무렇지도 않게 빵을 먹으며 다리를 꼬았다.

“시즈카 미야와키? 반가워, 이제 한 식구가 됐으니 서로 좀 익숙해지자고."

시즈카는 갑자기 인사를 건네오는 스넵 덕에 딸꾹질을 시작했다.

"네! 끅! 아, 네 히끅!"

네미넴이 시즈카의 모습이 귀엽다는 듯 웃음을 짓자 스넵보다는 덜 무서워 보이는 네미넴 쪽을 보며 어색한 웃음을 짓는 시즈카였다.

스넵이 선글라스를 코 아래로 내린 후 네미넴을 가리키며 말했다.

"이봐, 이 녀석이 나보다 훨씬 무서운 녀석이야, 그거 알아?"

놀란 표정으로 자신에게 고개를 돌리는 시즈카를 본 네미넴이 인상을 쓰며 다 먹은 빵 봉지를 스넵에게 던졌다.

"내가 뭐 이 자식아. 난 갱스터 아니야."

스넵이 날아오는 빵 봉지를 쳐내며 말했다.

"주둥이가 악마급이잖아, 넌. 솔직히 돌아가신 우리 작은엄마도 너 정도 속사포 잔소리는 안 했다고!"

"처음 보는 여자 앞에서 꼭 그런 소리를 해야겠냐? 난 생긴 게 핸섬하잖아."

"핸섬이 자빠져 우는소리 하네. 네 나이가 몇인데 저런 아가씨한테 잘 보이려고 해? 에일리 전화번호가 어디 있더라!"

"스톱, 멈춰!"

티격태격 싸우기 시작하는 두 사람을 본 시즈카가 그들 역시 보통 사람들과 다름없음을 느꼈는지 혹은 둘의 싸움이 재미있었는지 웃음을 지었다.

표정이 풀리는 것을 본 건이 그제야 그녀가 가져온 짐들을 보며 물었다.

"그 짐들은 다 뭐야?"

"아! 도시락이에요. 같이 먹어요."

시즈카가 도시락을 꺼내기 시작하자 싸움을 멈춘 두 사람이 그녀가 꺼내고 있는 여러 개의 찬합을 멀뚱히 보았다.

5단 도시락통을 하나씩 열어서 테이블 위에 올려둔 시즈카가 또 다른 도시락통을 꺼내자 가만히 자기 손에 쥐고 있던 빵을 보던 네미넴이 냅다 그것을 던져 버리고 도시락으로 달려들었다.

스넵 역시 도시락을 먹기 시작했고, 밥도 경쟁적으로 조금이라도 더 먹으려고 안간힘을 쓰는 두 사람을 재미있다는 표정으로 보던 시즈카가 건에게 젓가락을 내밀었다.

"케이도 먹어요."

"응, 항상 고마워, 시즈카"

"헤헤, 맛있게 드셔 주셔서 제가 항상 고맙죠."

한참 동안 미친 듯이 도시락을 먹은 스넵이 볼록해진 배를 부여잡고 소파에 누웠다.

네미넴 역시 과식을 했는지 숨을 헐떡이며 소파에 드러눕는 것을 본 시즈카가 밝게 웃으며 도시락을 정리하기 시작했다.

건 역시 그녀와 함께 도시락을 정리는데 누워 있던 스넵이 물었다.

"그런데, 아까 들어올 때 듣고 있던 음악은 뭐였어?"

네미넴 역시 음악이 기억에 남았는지 고개를 들자, 도시락통을 쇼핑백에 넣고 있던 건이 말했다.

"물의 노래라고 조금 긴 음악이에요, 이번 앨범에 넣을 곡이고요."

스넵이 선글라스를 벗으며 고개만 치켜들었다.

"연주만 있는 곡이야? 가사가 없던데, 아니면 미완성?"

도시락통을 다 정리한 건이 팔짱을 끼고 앉아 고민스러운 표정을 지었다.

"아직 잘 모르겠어요. 주위 사람들은 연주만 있는 곡 그대로가 제일 아름답다고 해서요."

네미넴이 고개를 끄덕이며 동의했다.

"가사를 안 붙여봐서 잘 모르겠다만, 연주곡만으로 충분해 보이긴 하더라."

"네미넴 생각도 그래요?"

스넵 역시 한 손을 들어 검지를 빙빙 돌렸다.

"나도 동의. 저 녀석이랑 같은 의견인 것은 마음에 안 들지만."

아직 음악을 들어보지 못한 시즈카만이 눈을 동그랗게 뜨고 세 사람의 눈치를 보고 있었다.

♬♩

며칠 후 린의 사무실.

매일 아침 학교에 들러 팡타지오의 사무실로 와 작업을 하는 건은 오전 시간에 항상 린의 사무실에 들러 함께 커피를 마시며 이야기를 나누었다.

예전과 다르게 매일 얼굴을 보는지라 특별히 할 이야기도 없었지만, 왠지 모르게 그녀와 있으면 마음이 편해졌던 건은 이제 일과처럼 변해 버린 그녀와의 오전 커피 타임을 즐거워했다.

루시 역시 건이 5층으로 오자 함께 건너와 그의 무릎 위에 앉아 식빵 굽기 자세로 꼬리를 흔들고 있었다. 잠시 루시에게 시선을 주던 린이 커피잔을 내려놓으며 말했다.

"그래, 물의 노래는 어떻게 되어가고 있나요?"

건이 입술을 삐죽 내밀며 말했다.

"다들 가사가 없는 것이 좋대요. 하지만 회사에서는 싫겠죠? 대중성이 사라지게 되니까요."

"음? 누가 그런 말을 하던가요?"

"아니에요? 따라 부르지 못하는 노래는 대중성이 없는 것이 당연하잖아요, 이사님."

린이 미소를 지으며 다시 커피잔을 들어 올렸다.

"싱글 앨범이었다면 말렸겠지만, 정규 앨범의 곡 중 하나가 연주로만 이루어진 것을 반대할 이유는 없어요. 타이틀곡만 다른 곡으로 하면 되니까요. 혹시 생각해 둔 타이틀곡이 있나요?"

건이 살짝 고개를 저으며 말했다.

"땅의 노래는 힙합이라 트랜디하고, 바람의 노래는 클럽 댄스라 가장 대중적일 거예요, 그리고 불의 노래는 원래 제가 가장 자신 있는 록 음악이라 어느 곡 하나를 타이틀곡으로 정하기가 힘드네요."

"그럼 하지 마세요."

"예?"

"타이틀곡 지정을 하지 말라는 말이에요."

"그럼…… 마케팅을 어떻게 하시게요?"

"물의 노래를 제외하고, 나머지 세 곡 다 마케팅해 버리면 됩니다."

"에…… 그렇게 하나요, 보통? 한 곡에 마케팅 비용을 집행

하고 다른 곡도 히트하면 좋은 것이라는 것이 일반적인 마케팅 방법일 텐데요."

린이 커피를 한 모금 마신 후 잔을 내려놓으며 웃었다.

"건 씨의 음악이에요, 세 곡 모두 반드시 히트할 거라고 믿습니다."

건이 볼을 긁으며 어색하게 웃었다.

"아…… 하하, 믿어주시는 것은 고맙긴 한데, 좀 부담이 되네요."

"호호, 음악에 관해 언제나 자신감 넘치던 건 씨가 웬일이죠?"

"하하…… 그래도 첫 번째 정규 앨범이라 그런지 긴장이 좀 되네요."

"호호, 그저 평소 하던 그대로 하면 됩니다. 아 참, 바람의 노래의 작업은 어떻게 되어가고 있나요?"

건이 고민스러운 표정으로 말했다.

"음, 뼈대는 잡긴 했는데 아직 좀 고민스러워요. 한 번도 안 해본 것이라서요. 도움을 구할 수 있는 뮤지션을 찾아보고 있는데, 제가 구상한 음악과는 좀 안 맞는 음악을 하시는 분들이더라고요."

"한국에 가본다고 했던 것은 어떻게 되었나요?"

"글쎄요. 주위에서 말리더라고요, 걸그룹이 판치는 나라에

가서 뭘 배우겠냐고 말이에요."

린이 살짝 웃으며 건을 주시했다.

"한국의 요새 음악들, 들어보고 내린 결정인가요?"

건이 입술을 내밀고 고개를 저었다.

"병준이 형 말로는 귀가 썩는다고 하길래 안 들어봤어요."

"들어보고 결정하세요, 직원을 통해 건 씨의 방에 CD를 보내놓겠습니다."

"음…… 그래야 할까요?"

린이 팔짱을 끼며 건을 빤히 보았다.

갑자기 자신을 보며 입을 닫아버린 린을 본 건이 눈치를 보며 물었다.

"왜…… 그러세요, 이사님?"

잠시 침묵을 지킨 린이 조용하게 입을 열었다.

"언제부터 건 씨가 상대의 음악을 들어보지도 않고 성급한 판단을 내렸었죠?"

린의 말에 할 말을 잃은 건이 진중한 표정을 짓자, 린이 다시 입을 열었다.

"음악을 들은 후 평가해도 늦지 않아요, 당신의 스승들이 모두 한국인이었다는 것을 잊었나요?"

건이 자신의 악기 선생님들을 떠올렸다.

그들은 댄스 음악을 하는 이들은 아니었기에 변명을 해볼

수는 있었겠지만, 남들의 이야기만 듣고 성급한 판단을 내린 것은 사실이었기에 조용히 고개를 숙이는 건이었다.

잠시 생각을 정리한 건이 앉은 채 고개를 깊숙하게 숙여 보였다.

"제가 잘못 생각했던 것 같아요, 이사님. 죄송합니다."

그제야 표정을 풀고 웃음을 지은 린이 손을 저었다.

"죄송할 일은 아니에요, 그리고 금방 깨달아주셔서 감사합니다."

"헤헤, 이사님이 있어서 너무 좋아요."

"호호, 병준 실장님이 들으면 서운하시겠어요."

"아니에요, 병준이 형도 많이 도움 돼요, 음악적으로 도움이 안 되어서 그렇지, 히히."

"점심 함께할까요?"

"오, 좋아요! 제가 살게요."

"회사 앞에 좋은 중식당이 생겼어요, 오랜만에 중국 요리를 먹도록 하죠."

건은 린과 함께 회사 앞에 새로 생긴 큰 규모의 중식당에서 배불리 밥을 먹으며 이야기를 나누었다.

약 한 시간가량 린과 함께 식사를 즐긴 건이 자신의 층으로 돌아오자, 녹음 부스 옆 컨트롤박스의 책상 위에 언뜻 보기에도 삼백 장은 넘어 보이는 CD들이 가득 쌓여 있는 것이 보였다.

휘파람을 불며 다가가 CD 들을 살펴본 건이 미소를 지었다.

"역시 린 이사님. 추진력 하나는 끝내주시네."

삼백 장이 넘는 CD 중 무엇을 먼저 고른다는 것 자체가 무리인 것을 알고 있던 건은 손에 잡히는 CD 중 아무것이나 포장을 제거하고 플레이어에 넣었다.

리모컨을 들고 소파로 가 누운 건이 천장을 보며 음악을 듣기 시작했다.

어떤 곡은 시작하자마자 다음 곡으로 넘겼고, 어떤 곡은 1절까지 들어보기도 하는 건이었지만 그가 2절까지 모두 들어본 곡은 없었다.

하지만 모든 곡을 들어보기로 결정한 건은 밤늦은 시간까지 음악을 검토하고 있었다.

밤 11시가 넘는 시간까지 음악을 듣고 있던 건이 피곤한 표정을 지으며 CD플레이어에서 꺼낸 CD를 케이스에 집어넣었다.

"휴, 오십 장도 못 들었네. 이걸 다 언제 들어보지?"

온종일 들었던 음악을 끄자 그의 공간에 어색한 침묵이 맴돌았다. 이상하게 시끄럽다가 갑자기 조용해지면 귀에 남는 이명을 느끼던 건이 엘리베이터가 서는 소리에 문 쪽으로 고개를 돌렸다.

가을이 다가오는 계절이라 얇은 레인 코트를 걸친 병준이 사무실로 들어오며 수북하게 쌓인 CD 들 사이에 앉아 있는 건에게 물었다.

"그게 다 뭐냐?"

"오셨어요, 형. 이거 린 이사님이 한국 댄스 음악 들어보라고 가져다주신 거예요."

병준이 CD들을 훑어보며 피식 웃었다.

"뭐 하러 들어보냐, 중국이나 한국, 일본 쪽 음악은 아직 멀었어. 그리고 그들만의 특색을 가지고 그들의 나라에서 성공한다 하더라도 세계 시장에 통하지 않는 곡들이 대부분이고 말이야."

건이 피곤한 표정을 지으며 쌓여 있는 CD에 볼을 대고 엎드렸다.

"그래요, 대부분이라는 것이 문제죠. 전부가 아니라 대부분이라는 것은 어딘가에 세계에도 통할 만한 댄스 음악을 만들어내는 사람이 있다는 것일지도 모르니까요."

건의 말이 틀린 것은 아니었기에 고개를 끄덕이던 병준이 다시 쌓인 CD를 보며 인상을 찌푸렸다.

"그래도 그렇지, 이걸 언제 다 듣고 앉았어? 시간이 그리 넉넉하진 않잖아?"

건이 엎드린 채 눈을 감으며 말했다.

"뾰족한 수가 없잖아요."

"에혀, 하여간 사서 고생을 하고 있냐, 미련한 놈아."

건이 상체를 일으켜 기지개를 켜며 말했다.

"으드드, 그래도 성과는 있었어요."

"뭔데?"

건이 포장이 제거된 CD 중 몇 개를 가리키며 말했다.

"한국 뮤지션들은 아이디어가 좋고, 소리를 잘 써요. 무엇보다 댄스 음악에서 가장 중요한 훅을 중독성 있게 만드는 법을 알고 있죠."

병준이 건이 가리키고 있는 CD를 보며 인상을 썼다.

"그런데 왜 세계 시장에는 안 통해?"

건이 자리에서 일어나며 굳은 몸을 풀려는지 허리를 돌리며 말했다.

"프로듀싱이 엉망이에요. 자세히 말하자면 짜임새가 안 맞는 거죠. 처음 듣고 '어? 되게 좋네', 중독성도 있고 좋다고 생각하게 되지만 미국 음악들처럼 몇 년 뒤, 십 년 뒤에 들어도 좋은 음악은 못 돼요. 짜임새가 없으면 음악이 금방 지겨워지거든요."

병준이 입술을 내밀며 고개를 갸웃했다.

"그래도 가끔 매일 듣고 싶은 댄스 음악도 있었던 것 같은데?"

건이 웃으며 양팔을 머리 위로 들며 스트레칭을 했다.

"매일 듣고 싶은 음악이라고 말씀하셨던 음악들을 지금 다시 들어보세요, 어쿠스틱이나 발라드 음악이 아니라 댄스 음악의 짜임새가 무너지면 추억이나 기억을 떠올리며 가끔 들으면 좋을지 몰라도 그 음악을 계속 듣고 있게 되지는 않아요."

병준이 수긍하며 고개를 끄덕였다.

"음…… 그건 그런 것 같네."

건이 얇은 아우터를 팔에 걸치며 말했다.

"늦었어요, 이제 가요."

"내가 미국 뮤지션들 중에 잘 나가는 사람 하나 섭외해 주랴? 네가 음악 교류하자고 부르면 당장 달려올 사람들 많을 텐데 말이야."

건이 먼저 사무실을 나서며 손을 휘휘 저었다.

"좀 더 연구해 보고 필요하면 말씀드릴게요. 일단 지금은 분석할 자료가 아직 한참이나 남아 있으니까요."

병준이 아직 포장도 뜯지 않고 쌓여 있는 CD 들을 힐끔 본 후 눈살을 찌푸리며 사무실을 나섰다.

그 시각, 추진력 좋게 건과 식사하는 동안 한국 댄스 음악 CD를 공수해 온 린은 한 가지 실수를 저질렀다.

바로 CD를 구매하러 간 직원이 문제였다. 보안 사항을 위반

한 것은 없었지만 한국 음악을 전문으로 취급하는 레코드점에서 삼백 장이 넘는 CD를 사 가는 것을 본 레코드점 사장이 과거 한국에서 음악 비즈니스를 하다 부도를 내고 미국으로 온 사람이라 너무 많은 CD를 사가는 직원의 뒤를 밟아본 것이었다.

CD를 가득 담은 박스를 들고 맨하튼 팡타지오의 사무실로 들어가는 직원을 본 레코드점 사장이 눈을 동그랗게 떴다.

잠시 생각을 정리하던 사장이 전화기를 들었다.

"음, 나야 김 사장. 요새 애들 잘 나가나? 어, 나야 뭐 미국에서 조그만 레코드점 하고 있지. 허허 그래, 돌아가면 술 한잔 하자고."

사장이 멀리 보이는 팡타지오의 붉은 벽돌 건물을 보며 웃음을 지었다.

"다른 게 아니라, 자네 나한테 술 한잔 사야 할 이유가 생겨서 말이야, 자네니까 말해주는 것인데……."

잠시 오가는 행인들의 눈치를 본 사장이 어차피 한국어로 통화를 하는지라 알아들을 사람이 없다는 것을 뒤늦게 알아채고 바보 같은 표정을 지었다.

"어흠, 이건 비밀인데 말이야. 팡타지오 알지? 그 왜 케이가 있는 회사 말이야. 그래, 한국에서는 김 건이라고 하지. 그래, 거기 말이야. 방금 거기서 한국 뮤지션들의 CD를 삼백 장이

나 사 갔어. 어? 그래 한국 뮤지션들의 음악을 왜 듣겠어? 그렇지, 분명 케이가 한국 뮤지션들 중 누군가를 피처링에 쓰려고 분석하는 것이 분명해. 내가 알기로 저 회사에 스넵독이랑 네미넴도 들락거린다고."

상대가 뭐라고 하는지 들리지 않았지만, 그가 하는 말이 만족스러웠는지 웃음을 지은 사장이 말했다.

"그래, 미리미리 준비하면 자네 쪽 아이들이 선택되는 기적이 있을지도 모르지 않겠어? 잘 준비하라고, 이게 다 예전에 어려울 때 자네가 신경 써줘서 자네에게만 해주는 말이야. 허허, 그래 나중에 꼭 한잔하자고."

가을의 초입에 이르는 어느 늦은 밤.

말도 안 되는 오해로 시작된 이 일은 조금씩 퍼져 나갔다.

♪♪♩

한국 청담동.

대한민국에서 가장 비싸다는 동네는 강남이지만, 실상은 달랐다. 대한민국 진짜 부자들이 다니는 사무실과 미용실, 식당 등은 모두 청담동에 몰려 있다고 해도 과언이 아닐 만큼 이 동네는 럭셔리한 손님들이 북적거렸다.

인터넷을 통한 소개가 되지 않아 강남역이나 가로수길 등과 같이 많은 사람이 찾지 않는 이유는 바로 손님의 질이 다르기 때문이었다.

SNS를 통해 '내가 이렇게 잘 먹고, 잘 산다'라는 것을 굳이 자랑할 필요가 없는 사람들, 그들이 주 고객층이었기에 한산한 것이었다.

장사하는 이들도 상점이 바글거리면 시끄럽다는 이유로 발길을 끊어버리는 상위층 고객들 덕에 굳이 마케팅을 하지 않았고, 그들의 입장에서는 일반인 100명보다 상위층 고객 한 명을 잡는 것이 훨씬 이득이었기에 청담동은 상류층만의 핫플레이스가 되었다.

청담동 대로변의 빌딩, 대로라고 하였지만 4차선이 넘는 길은 별로 없는 청담동이었기에 강남역 부근에 비하면 대로라고 할 수 없는 곳이었다.

불법 주차한 차들도 모두 외제차로 가득한 대로에 사면이 모두 검게 틴팅 처리된 통유리의 7층 빌딩이 있었다.

꼭대기 층에 거대한 필기체로 'YDN 엔터테인먼트'라는 간판이 달려 있는 빌딩의 최상층, 팡타지오의 건물에 비해 넓지는 않았지만, 더 높은 곳에 있어 전망 좋은 층을 홀로 차지하고 앉은 50대 후반의 남자가 수화기를 내려놓고 편안해 보이는 회장님 의자를 빙글빙글 돌리며 손가락에 잡고 있던 담배를 입으로 가져갔다.

띠잉~

맑은 음을 알리며 불을 내뿜는 고가의 듀퐁 라이터로 불을 붙인 후 테이블에 라이터를 아무렇게나 던진 남자가 등을 깊숙하게 묻으며 담배 연기를 뿜었다.

"케이가 피처링할 한국인 뮤지션을 찾는다? 그것도 댄스 음악을……."

잠시 손가락으로 담배를 굴리던 그가 테이블 위에 놓인 수화기의 비서실 연결 버튼을 누르며 말했다.

"임현택 실장 좀 들어오라고 해."

"네, 대표님."

지시한 지 10분도 되지 않아 노크 소리가 났다. 담배를 한 개비를 더 피우려던 남자가 꺼냈던 담배를 내려놓으며 말했다.

"들어와."

문을 열고 구십 도로 인사를 하는 남자는 30대 중반 가량으로 보이는 패셔너블한 남자였다.

절대 잘생긴 얼굴이라고 할 수는 없었지만 배기 팬츠에 오버핏 스웨터, 투블럭 컷에 양쪽 귀 모두에 귀걸이를 한 현택이 앉아 있는 대표의 앞에서 다시 고개를 숙였다.

"부르셨습니까, 대표님."

"어, 그래. 우리 애들 중에 지금 샌프란시스코에 뮤직비디오 찍으러 간 애들 있지?"

"예, 이 팀장이 인솔하고 있습니다."

"아, 그래? 알았어. 내가 연락해 보지. 그리고 자네 밑에 애들이 몇 개였지?"

아무렇지도 않게 사람을 몇 개라고 표현하는 대표에게 현택 역시 아무렇지 않게 답했다.

"네 개입니다."

"음, 그렇군. 지금 우리 회사 소속 애들이 총 몇 개지?"

"열셋입니다만, 둘은 현재 활동이 중단되었으니 열한 개로 보시면 됩니다."

대표가 짜증스러운 표정으로 이를 갈았다.

"그 둘, 어떻게 했어?"

"하나는 다 쪼개서 해체했고, 다른 하나는 소송 문제로 법적 대응 중입니다."

"하여간 걸그룹 것들은 조금만 대가리가 크면 기어오르려고 하지. 잘 처리해."

"네, 대표님."

"이 팀장하고 통화할 건데, 자네 밑에 애 중에 얼굴이랑 몸매 반반한 애들로 몇 추려봐, 곧 미국에 가봐야 할지도 몰라."

현택이 고개를 숙인 채 눈썹을 꿈틀거렸다. 자신 아래에 있기에 애정을 가지고 키워내고 있지만 넷 모두 걸그룹이었기에 미국 진출은 요원한 일이었기 때문이다.

대표적으로 몇 년 전 한국을 비롯한 아시아에서 엄청난 인기를 얻었던 걸그룹이 미국에 진출했다가, 반짝인기를 얻고 추락해 큰 손해를 본 후 한국의 기획사들은 걸그룹으로 미국 진출을 노리지 않았다.

반대로 보이그룹의 경우 이례적으로 하나의 그룹이 서양에서 인기를 얻고 있긴 하지만 그것이 언제까지 유지될지, 또 후발주자도 계속 생겨날지는 회의적으로 보는 것이 전반적인 업계의 시각이었다.

잠시 생각을 정리한 현택이 조심스럽게 물었다.

"미국 진출입니까?"

대표가 담배를 물며 라이터를 튕겼다.

"어, 아직은 공개할 단계가 아니라 이 팀장을 파견해서 사실 확인하고 알려줄게, 임 실장은 가서 애 중에 몇 명 추려놔."

"애 중에라고 하시면…… 팀이 아니라 개인 단위로 추리라는 말씀입니까?"

"그래, 그중 누가 눈에 들지 모르잖아, 하나만 딸려가면 그 애가 소속된 애는 다 히트 칠 기회야."

"으음…… 알겠습니다, 대표님."

"그래, 나가봐."

담배에 불을 붙이는 대표에게 정중히 인사를 한 현택이 마치 왕에게 신하들이 하는 뒷걸음질로 대표실을 나섰다.

문을 닫자마자 허리를 편 그가 스웨터를 끌어 내리며 인상을 썼다.

"쓰레기 같은 자식이 또 어딘가에 접대를 보내려는 거네, 하아."

말은 그리했지만, 그 역시 이 업계에서 구르고 구른 중견 관리자였다. 30대 중반의 나이로 이만한 대형 기획사의 실장 자리를 차지한 그가 깨끗하고 투명한 일 처리만으로 이 자리에 있을 리는 없었다. 단지 자신에게 막 대하는 대표에 대해 욕지거리를 뱉을 이유가 필요했던 것뿐이었다.

잠시 닫힌 문을 노려보며 마음속으로 생각나는 욕을 퍼붓던 현택이 자리에 서서 두 손을 공손히 모으고 현택이 나갈 때까지 기다리고 있는 비서에게 말했다.

"A 연습실로 내 밑에 애들 다 집합시켜 줘요, 5분 내로요."

"네, 실장님."

현택이 대표실을 나서 옥상으로 가 담배 한 대를 피운 후 A 연습실로 도착하자 십 대 후반에서 이십 대 초반으로 보이는 여성들이 운동복 차림으로 연습실에 앉아 수다를 떨다 현택을 보고는 급히 자세를 바로 했다.

아홉, 여섯, 다섯, 넷. 걸그룹 네 개의 구성원은 총 스물넷이었다. 아이돌 그룹 구성원을 쓱 둘러본 현택이 팔짱을 끼며 생각에 잠겼다.

'일단 접대 경험이 있는 수정이, 윤현, 소아는 데려가고……
요새 인기 좀 얻고 있는 윤정이까지 데려가면 되겠지.'

이름을 말하며 그가 보고 있는 여성들은 딱 봐도 색기가 넘치는 타입의 섹시한 아이돌들이었다.

어떤 남자도 이들의 유혹을 견뎌내지 못했고, 접대는 언제나 성공이었다.

한 명가량을 더 선별하려는 듯 앉아서 자신을 보고 있는 여성들을 둘러보던 현택이 마침내 입을 열었다.

"수정이, 윤현이, 소아, 윤정이, 그리고…… 진연이만 남고 해산."

뜬금없이 불러놓고 할 말만 하고 내쫓는 현택에게 불만을 뱉을 만도 했지만 남겨진 멤버들을 본 여자 아이돌들은 바로 어떤 일 때문인지 눈치챘다.

경험이 없는 윤정과 진연 역시 눈치를 챘는지 울상을 지으며 일어나 스튜디오를 나서는 언니들에게 도움을 요청하는 눈빛을 보냈지만 어느 누구도 그들을 도와줄 수 없었다.

여성들이 모두 나가자 다섯 명의 아이돌과 현택만이 A 연습실에 남았다.

찰나의 침묵이 지나고 팔짱을 낀 현택이 수정을 보며 고갯짓했다.

"그래도 수정이가 연차가 있으니 눈치챘겠지?"

검은 긴 생머리에 하얀 피부를 가진 수정이 살짝 고개를 끄덕였다.

청순한 이미지였지만 실상 히트하기 위해 접대를 한 횟수가 열 번이 넘어간 이후부터 수정은 스폰서로부터 들어오는 투자 금액에 중독되어 오히려 자기가 먼저 접대를 나가게 해달라고 조르는 수준까지 간 여자였다.

그녀의 수긍에 고개를 끄덕여 보인 현택이 방을 벗어나며 말했다.

"좀 있으면 대표님이 부르실 거다, 그러니 어디 나가지 말고 사무실에 있어."

십 대 후반으로 보이는 윤현이 바닥에 쪼그리고 있다가 조심스럽게 손을 들었다.

"저, 실장님…… 저 스케줄 있는데요."

나가려던 현택이 눈썹을 찌푸리며 윤현을 돌아보았다.

"무슨 스케줄인데?"

"예능이요."

"정규?"

"아뇨, 케이블요."

"됐어, 매니저한테 내가 말해둘게, 다른 애 보내고 넌 남아."

"네……."

현택이 문을 닫고 나가자 윤정과 진연이 불안한 눈으로 언니들을 보았다.

YDN 엔터테인먼트에 소속된 걸그룹이 접대 경험이 없다는 것은 둘 중 하나였다.

연습생에서 정식 멤버로 승격된 지 얼마 안 되었거나, 너무 어렸기 때문. 이 둘은 후자에 속했지만 얼마 전 만 열여덟 살이 된 후 현택의 눈에 낙점된 것이었다.

언니들을 통해 공공연히 도는 이야기였지만 자신의 일이 아니었기에 멀게만 느껴졌던 일들이 현실이 되자 불안한 눈을 한 윤정이 떨리는 목소리로 말했다.

"어…… 언니들 진짜 그런 거 해야 하는 거예요?"

진연 역시 불안하기는 마찬가지였는지 걸그룹 언니 중 가장 선배였던 수정에게로 고개를 돌리며 눈가를 파르르 떨었다.

피식 웃은 수정이 팔짱을 끼고 벽에 등을 기댔다.

"이 바닥에서 살아남으려면 어쩔 수 없어, 너희들 내가 수입차 타고 다니는 거 부러워했잖아, 너희도 알다시피 나도 노예계약으로 묶여 있는데 어떻게 수입차를 사? 버는 수입 족족 운영비다, 접대비다, 뭐다 하면서 다 빼버리고 얼마 안 남는 거 애들이랑 나눠 가지고 나면 집에 보낼 돈도 빠듯해. 그거 다 스폰서 쪽에서 대주는 거야."

윤정이 기어들어 가는 목소리로 말했다.

"그래도…… 아빠 나이 아저씨들이랑 어떻게……."

"아빠가 아니라 할아버지 나이라도 할 건 해야지, 더러운 꼴 안 보고 데뷔시켜 주는 회사로 가던가, 대신 거기 가면 연습생부터 다시 시작에 5년은 더 굴러야 데뷔할 수 있을 거야. 데뷔하고도 성공할 거란 보장은 없고 말이야."

수정의 말처럼 깨끗하고 투명하게 운영되는 회사도 분명 있다, 아니, 비율로 보면 오히려 더 많을지도 모른다.

하지만 그녀의 말처럼 실력으로만 승부하는 회사는 그만큼 더 오랜 시간과 더 많은 노력이 필요했기에, 매일 데뷔 날짜만 기다리고 있는 아이돌들은 기다림에 지쳐 YDN으로 이적하곤 했다.

몇 시간 후 대표실로 불려간 다섯 명은 대표로부터 미국으로 가 접대를 하게 될 것을 전달받았고, 곧바로 짐을 싸 미국행 비행기에 몸을 실었다.

♪♪♩

지옥.

박쥐 모양의 성 응접실에 앉아 눈을 감고 있던 구시온이 가만히 테이블 위에 손을 뻗고 눈을 까뒤집었다.

부르르 떨고 있는 그의 손 아래에 있는 테이블에는 인간 세계 각 나라의 신문들 몇백 부가 놓여 있었다.

모든 국가의 신문, 모든 신문사에서 발행한 신문들이라 어마어마한 양의 신문이 포개져 널려 있는 거대한 테이블 앞에서 눈을 하얗게 뒤집은 구시온이 몸을 부르르 떨었다.

[죽여 버릴 거야! 이 자식!]

[오빤 내 거야! 어떤 년인지 몰라도 입을 찢어놓겠어!]

[내 돈 돌려줘! 아니면 너도 죽이고 나도 죽어버리겠어!]

[제발 이번 판엔 이기게 해줘! 그럼 내가 영혼이라도 팔게! 악마건 천사건 나 좀 도와달라고!]

[흐흐흐. 사랑해서 죽이는 거야, 내 맘 알지?]

머릿속을 울리는 인간의 더러운 외침들을 들으며 눈을 까뒤집고 있던 구시온의 손이 하나의 신문 위에서 멈췄다.

[어떻게든 그의 마음을 빼앗아 미국에 진출하겠어! 몸을 원하면 몸을 줄 거고, 마음을 원하면 그것마저 주지 뭐. 하지만 그것도 안 된다면 몸을 무기로 협박이라도 할 거야!]

손이 번개처럼 움직이며 아래에 있던 신문을 채갔다.

신문을 높이 들고 있던 구시온이 천천히 눈을 뜨자 보라색 안광이 번뜩였다.

"호오…… 이거 봐라?"

그가 잡은 것은 한국 신문이었다.

헤드라인은 아니었지만, 연예 기사의 한 곳에 있는 다섯 명의 여자들.

그녀들의 공항 패션이라는 제목으로 쓰인 기사를 힐끔 본 구시온이 검은 생머리에 청순한 인상을 가진 여성을 뚫어지게 보았다.

♪♪♩

아침마다 반복되는 일상대로 학교를 방문해 샤론 교수에게 얼굴도장을 찍고, 차까지 한잔 얻어 마신 건이 팡타지오의 미국 지부에서 제공하는 차량이 있음에도 불구하고 미로슬라브의 성의를 무시할 수 없어 타고 다니는 레드 케슬 소속차를 타고 사무실로 향했다.

팡타지오의 붉은 벽돌 건물은 얼마 전 간판을 올린 이후부터 수많은 팬들로 인해 24시간 둘러싸여 있었다. 며칠 밤을 새운 팬들의 SNS를 통해 매일 건이 사무실에 온다는 사실이 알려진 이후부터는 더 많은 팬과 기자들이 몰려 있었다.

다행히 이를 미리 예견한 린은 빌딩 입구에 경호실을 배치했고, 여기서부터는 경호원들을 통과한 차량만 들어갈 수 있었다.

외부에서 내부가 보이지 않았기에 차에서 내려 빌딩에 들어간다 해도 외부에 서 있는 팬들에게 얼굴이 팔리지 않고 사무실로 출근할 수 있는 여건이 만들어진 것이다.

또 레드케슬에서는 건이 타는 차를 자주 바꿔주었기에 차만 보고 건을 알아보는 팬들은 없었다.

그저 팡타지오를 들락거리는 차들을 볼 때마다 소리를 지르며 들러붙는 팬들과 그것을 떼어놓는 경호원들의 끝나지 않는 싸움이 계속될 뿐이었다.

건의 차가 건물 입구에 들어서자 재빨리 다가온 경호원이 차단기를 열었다. 차가 매일 바뀌지만 병준이 매일 차의 번호판을 경호실에 알려주었기에 바로 건임을 파악한 경호원이 입장을 시키자 이를 눈치챈 팬들이 달려왔다.

하지만 워낙 재빠르게 차단기가 열렸기에 팬들이 들러붙기도 전에 빌딩 내부로 들어가 버린 차는 그들의 아우성을 뒤로 하고 주차장으로 향했다.

차에서 내린 건이 팬들의 아우성을 들으며 물끄러미 입구를 보자 병준이 포기했다는 듯 손짓했다.

"가라, 가. 어차피 말해도 듣지도 않을 거면서."

건이 계면쩍게 웃으며 빌딩 입구 쪽으로 다가갔다.

팬들이 빌딩을 찾으면서부터 자신을 보러 멀리까지 와준 팬들에게 얼굴이라도 보여줘야 하지 않겠냐며 고집을 부리는 건은 몇 번이나 병준과 실랑이를 벌였지만, 그때마다 이기는 쪽은 건이었다.

워낙 고집이 셌기 때문이기도 하고, 열 명이 넘는 경호원들이 철통같이 좁은 빌딩 입구를 막아내기도 했기 때문이었다.

빌딩의 좁은 입구에서 멀찍하게 떨어진 곳에서 건이 얼굴을 내밀자, 팬들이 소리를 지르며 경호원들을 밀어내려 하였지만, 린이 고용한 미국 경호원들은 모두 특수 부대 전역자 출신으로 덩치와 힘이 엄청났다.

건이 데리고 다니는 러시아 마피아들에게 밀리지 않겠다는 목적으로 준비한 경호원들은 높은 몸값만큼의 일을 해냈다.

아무리 밀어도 밀리지 않는 경호원들 속에서 핸드폰 카메라로 찍어대며 소리를 치는 팬들에게 잠시 손을 흔들어주던 건이 고개를 갸웃했다.

몇백이나 되는 팬들로부터 한참 뒤, 가방을 멘 외국인 남자가 건에게 손을 흔드는 것이 보였다.

"어…… 구시온?"

밀리터리 백을 메고 체크무늬 셔츠를 입은 시온이 반가운 얼굴로 손을 흔드는 것을 본 건이 반색하며 경호원을 불렀다.

"저기 죄송한데, 저 뒤에 체크무늬 셔츠 입은 남자 보이세요?"

선글라스를 쓴 경호원이 빌딩 입구에서 한참 멀리 떨어진 곳에서 손을 흔들고 있는 구시온을 보며 고개를 끄덕였다.

"제 친구라서 그런데 좀 조용해지면 저 친구를 제 방으로 좀 안내해 주시겠어요?"

"알겠습니다, 케이."

건이 시온에게 손을 흔들자, 빌딩 앞에 있던 펜들은 각자 자신에게 손을 흔드는 것으로 착각하고 다시 한번 고성을 질러댔다.

그가 웃으며 빌딩 안으로 들어가자 아우성치던 팬들이 흩어지며 방금 찍은 건의 사진을 SNS에 공유하기 위해 핸드폰으로 시선을 던졌다.

빌딩으로 올라와 린에게 인사를 한 건이 그녀와 차를 마시며 창밖을 주시하고 있었다. 밖에서는 안이 보이지 않지만, 안에서는 밖이 훤히 보였기 때문이다.

린이 그런 건을 보며 물었다.

"누굴 그렇게 봐요? 팬들이 찾아온 지도 꽤 됐는데, 아직도 신기해요?"

"하하! 그게 아니라, 이사님도 아시죠? 제 친구 중에 구시온이라고 있잖아요, 그 친구가 와서 경호원분들께 안으로 안내해 달라고 부탁했거든요."

"음? 전화를 하고 오면 미리 경호실에 언질을 줬을 텐데요."

"저 친구는 전화가 없어요. 사주려고 했는데 핸드폰은 자길 구속한다고 쓰기 싫다고 하더라고요, 이렇게 갑작스럽게 찾아오는 것 아니면 만나지도 못하는 친구라, 꼭 보고 싶어서요."

"호호, 어지간히 좋은 친구인가 보네요."

"헤헤, 바라는 것 없이 주기만 하는 친구니까요. 아, 저기 경호원분이 데려오네요! 저 그만 내려가 볼게요, 이사님."

"네, 그래요."

건이 나가자 가만히 창밖을 바라보던 린이 빌딩으로 들어오던 구시온과 눈을 마주쳤다.

그는 검게 틴팅된 유리 너머로도 린이 보이는지 그녀를 보며 피식 웃었고, 린 역시 살짝 미소를 지으며 커피잔을 들어 보였다.

천사와 악마가 서로 웃으며 인사하는 진풍경을 보인 구시온이 경호원의 안내를 받아 Kay Floor에 내리자 엘리베이터 앞까지 마중 나와 있던 건이 양팔을 벌리며 웃었다.

"구시온, 이게 얼마만이야!"

자신을 얼싸안아 주는 건을 마주 안아준 구시온이 미소를 짓자, 건이 그와 어깨동무하며 사무실 안으로 들어갔다.

"연락도 없이 무슨 일이야, 연락할 방법도 없었겠지만. 하하."

구시온이 건의 말에는 답을 하지 않고 넓은 Kay Floor를 구경하며 눈을 동그랗게 떴다.

“와, 진짜 좋네. 엄청 넓고 밝은 느낌이야.”

건이 자랑스러운 얼굴로 허리춤에 손을 얹었다.

“에헴, 내가 우리 회사에서 이 정도 위치란 말씀이지! 으헤헤.”

“푸훗, 네가 그런 말도 할 줄 아냐?”

“흐흐, 농담이지! 자, 저쪽에 가서 앉자.”

넓은 10인용 소파로 구시온을 안내한 건이 함께 자리에 앉으며 물었다.

“어디 가서 뭘 하고 있었던 거야, 너랑 연락할 방법도 없어서 걱정했잖아. 페이는 그래도 가끔 다녀가는데 넌 왜 이렇게 안 와?”

“페이가 다녀가?”

“응, 얼마 전에 핸드폰도 장만했어, 번호도 알려줬는걸?”

“뭐……? 페이가 핸드폰을?”

“응, 솔직히 요새 핸드폰 없이 사는 인간이 어디 있냐? 너도 좀 만들어라! 연락 좀 하게.”

구시온이 인상을 구겼다.

‘그래, 핸드폰 없이 사는 인간은 없지. 그런데 그놈은 인간이 아니란 말이다.’

건이 구시온의 표정 변화를 눈치채지 못하고 보챘다.

“어? 내가 하나 선물해 줄게, 응? 하나 만들자, 구시온. 제발!”

"어…… 음. 알았어, 그럼."

건이 반색하며 손을 번쩍 들고 컨트롤박스 쪽 책상으로 달려갔다.

"진짜다! 내가 최신형으로 선물해 줄게!"

신나서 달려간 건이 책상 위에 있던 인터폰으로 직원에게 최신형 핸드폰 구매를 부탁했다.

개인의 신상 정보 없이도 구매할 방법이 있는지 금방 인터폰 통화를 마친 건이 웃으며 소파로 뛰어왔다.

"이제 연락하기 쉽겠다! 내 연락 안 받으면 안 돼, 알았지?"

구시온이 뚱뚱한 밀리터리 백을 가리키며 말했다.

"내가 그림 여행을 하도 자주 가서 말이야, 못 받을 때도 있을 거야, 산 같은데 올라가면 핸드폰이 잘 안 되는 곳도 있잖아."

"알았어! 그런 정도는 이해할게! 히히"

구시온과 연락이 가능해지는 것이 무척 신이 나는지 연신 웃음을 흘리는 건을 바라보던 구시온이 살짝 미소를 지었다.

"그렇게 반가워?"

"당연하지! 얼마나 보고 싶었는데, 자주 좀 얼굴 보자, 응?"

"후후, 그래. 자주 올게."

"그나저나 어디 가? 왜 이렇게 가방이 뚱뚱해, 설마 가출했어?"

반 장난으로 물어오는 건을 본 구시온이 가방을 툭툭 치며 말했다.

"아, 부탁 좀 하려고 왔어. 실은 내가 그림 그리는 걸 부모님이 모르시거든, 알면 죽이려고 하실지도 몰라서 말이야. 이번에 내 집에 부모님이 오신다고 하는데 이걸 맡겨둘 만한 곳이 없어서 그런데 며칠만 맡아주지 않을래?"

"어, 여기 이렇게 넓은데 가방 하나 두는 게 뭐 어려워. 아무데나 놔둬."

"하하, 고맙다. 내가 노트북에 저장한 그림들 보여줄까?"

"오! 진짜? 캔버스가 아니라 파일로 만드는 거야?"

"아, 캔버스로 그린 후에 사진으로 찍어둬, 맨날 그걸 다 싸짊어지고 다닐 수는 없잖아, 하하."

"그래? 알았어! 보여줘!"

뚱뚱한 가방에서 얇은 노트북을 꺼낸 구시온이 무릎 위에 노트북을 올려두고 한참 그림들을 보여줬다.

건은 탄성을 지르기도 하고, 뭔가 질문을 하기도 하며 구시온의 그림들에 관심을 보였다.

오십여 점이 넘는 그림들을 모두 보여 준 구시온이 노트북을 연 채로 주위를 둘러보며 말했다.

"가방 어디에 둘까?"

건이 루시가 자주 앉아 있는 창틀을 가리켰다.

"저기 아무 곳에나 둬. 어라? 그러고 보니 루시가 없네, 어딜 갔지? 루시! 루시!"

매일 창틀에 앉아 하품을 하거나 뒹굴거리던 루시는 빌딩 입구에서 구시온의 힘을 느끼자마자 린에게로 도망갔다.

용맹한 루시였지만 최상위 악마인 구시온에게 상대가 될 리 없었기 때문이었다.

구시온이 무거워 보이는 가방을 창틀에 올린 후 노트북을 열어둔 상태 그대로 창틀에 올려두고 자리에서 일어났다.

"공항에 부모님 마중을 가야 해서 오늘은 그만 갈게."

건이 양손을 펼치며 구시온을 막아 세웠다.

"잠깐만! 핸드폰 가져가야지, 금방 올 거야, 내가 가서 물어보고 올 테니까 잠깐만 기다려!"

건이 달려가 엘리베이터를 타고 사라지자 혼자 남은 구시온이 지그시 펼쳐놓은 노트북을 보고는 살짝 위치를 옮겨 소파 쪽을 바라보도록 방향을 바꾸고 충전 케이블을 연결했다.

잠시 후 쇼핑백에 든 최신형 핸드폰을 가져온 건이 핸드폰을 꺼내 전원을 켜고 자신의 전화번호를 입력한 후 내밀었다.

"나도 입력해 놨으니까, 자주 연락해. 알았지?"

"응, 고맙다."

빌딩 입구까지 마중을 나온 건을 본 팬들이 다시 아우성치기 시작하자, 구시온이 재빨리 밖으로 나가며 손을 흔들었다.

"나 갈게, 소란 피우지 말고 어서 들어가."

"응, 조심해서 가! 부모님께 안부 전해줘."

구시온이 손짓했지만, 그의 모습이 사라질 때까지 보고 있던 건이 다시 한번 팬들에게 손을 흔들어 준 후 웃으며 사무실로 들어갔다.

그리고 그 시각, 다섯 명의 여자들이 케네디 공항에 내려 미국에서 뮤직비디오를 찍은 후 스텝들을 먼저 보내고 남아 있던 이 팀장을 만났다.

8등신 몸매를 뽐내며 캐리어를 끌고 다가온 수정이 안경을 쓰고 엘리트 같아 보이는 이 팀장에게 다가와 살짝 고개를 숙였다.

"이 팀장님, 고생 많으세요."

"어, 그래. 수정이도 고생 많아. 대표님께 대충 들었지?"

수정이 긴장한 표정을 하고 있는 윤정과 진연을 힐끔 본 후 결연한 눈빛을 지었다.

"네, 반드시 일 따낼게요."

이 팀장이 안경을 추켜 올린 후 손뼉을 쳤다.

"좋아, 그런 마음가짐이라면 걱정 없겠어. 자, 팡타지오는 들어가고 싶다고 해서 들어갈 수 있는 곳이 아니야. 일단 미팅 허가를 받아야 하니까, 호텔에 가서 짐 풀고 대기하도록 해."

◈ 2장 ◈
작은 인연(1)

팡타지오의 사무실 앞.

YDN의 이 팀장이 빌딩 앞을 기웃거리고 있었다.

최대한 가까운 호텔에 여자 아이돌들을 숙박하게 한 뒤 언제든 전화를 하면 10분 내에 도착할 수 있도록 준비를 지시한 이 팀장이 무작정 팡타지오를 찾아왔다.

케이 정도 되는 거물을 만나는 것이 쉽지는 않겠지만 정보에 따르면 마침 한국의 댄스 음악에 관해 연구 중이고 피처링을 할 뮤지션을 찾고 있다는 것에 희망을 건 그가 몇십 명가량의 팬들이 쪼그리고 앉아 있는 벽을 지나 경호실에 이르렀다.

멀리서 자신을 주시하고 있던 미국 경호원들이 품에 손을 넣어 명함을 꺼내려는 이 팀장을 보고 소리를 지르며 총을 겨누었다. 갑작스런 소란에 이 팀장은 당황했다.

"스탑! 멈춰!"

품에 있는 명함을 잡아보지도 못한 이 팀장이 서서히 양손을 올리고 유창한 영어로 말했다.

"한국의 YDN 엔터테인먼트에서 왔습니다. 품 안에 명함을 꺼내려는 것뿐이었고요."

경호원 하나가 다가와 옷 위로 품 안을 만져본 후 고개를 끄덕이자 그제야 경계를 푼 경호원들이 말했다.

"죄송합니다, 하지만 갑자기 품에 손을 넣는 행동은 미국에서는 오해를 받을 수 있는 행동이니 삼가 부탁드립니다."

"아…… 그렇겠네요. 죄송합니다."

이 팀장이 다시 품에 손을 넣었지만, 이미 옷 위로 총기가 없다는 것을 확인한 경호원들은 그저 보고만 있었다.

명함을 꺼낸 이 팀장이 여러 개의 명함을 한꺼번에 내밀며 말했다.

"YDN 엔터테인먼트의 이용욱 팀장입니다."

경호원 중 책임자가 명함을 받아 힐끔 본 후 물었다.

"미리 약속하셨습니까? 전달받은 바가 없습니다만."

"아, 약속은 하지 않았습니다. 아직 사무실 오픈을 하신 지 얼마 안 되어 연락할 수 있는 곳이 없더군요."

경호원이 단호하게 고개를 저었다.

"미리 약속을 하지 않으시면 들어가실 수 없습니다."

이 팀장이 천연덕스러운 웃음을 지으며 어깨를 으쓱했다.

"하하, 알고 있습니다. 그 정도 상식은 있지요, 혹시 연락 가능한 전화번호를 알 수 있을까요?"

경호원이 경호실로 들어간 후 명함 한 장을 꺼내왔다.

"비즈니스 관련이라면 이 번호로 연락하세요."

뮤직 비즈니스 사업실의 명함을 받은 이 팀장이 경호원들에게 좋은 인상을 남기려는 듯 웃으며 감사를 표했다.

"아, 감사합니다. 이 번호로 약속을 잡고 다시 찾아오겠습니다. 저, 죄송하지만 제가 드린 명함을 케이에게 전달만 해주시면 안 될까요? 한국에서 일부러 온 것이라 그렇습니다."

유하게 말했지만, 경호원은 단칼에 그의 부탁을 거절했다.

"죄송합니다. 케이에게 직접 전달하는 것은 어렵고, 사업실에는 전달해 드릴 수 있습니다."

이 팀장이 아깝다는 듯 입맛을 다셨다.

만나본 적은 없지만, 소문에 따르면 케이는 마음이 약해 멀리 한국에서 찾아왔다고 하는 음악 비즈니스 관련자라면 만나는 줄지도 모른다는 희망을 가졌었기 때문이다.

"아…… 그렇군요, 이해합니다. 그럼 약속을 잡고 다시 찾아오겠습니다."

"네, 부탁드립니다."

이 팀장이 잠시 팡타지오의 건물을 올려다본 후 눈짓으로 인사를 하고 돌아섰다.

쪼그리고 앉아 경호원과 이 팀장의 대화를 듣고 있던 팬들이 소근거렸다.

"YDN 엔터테인먼트가 뭐야? 유명한 곳인가?"

"모르지, 한국 엔터테인먼트라잖아."

"지난번에도 어떤 팬이 한국 엔터테인먼트 회사 직원이라고 찾아왔었잖아, 거짓말이었지만."

"그러게, 저것도 어디 유령회사일지도 모르지."

팬들의 말을 들은 경호원이 피식 웃었고, 등을 돌린 이 팀장의 얼굴이 붉게 달아올랐다.

황급히 자리를 피한 이 팀장이 골목을 돌며 인상을 썼다.

"망할 미국 놈들, 동양의 기획사라고 무시하네, 우리도 한국에서 초대형 기획사다, 이놈들아."

한국에서는 4대 기획사 안에 들어가는 대형 기획사였지만 미국에서의 인지도는 제로에 가까웠기에 이곳에서 그들을 아는 사람은 없었다.

이를 갈며 명함에 있는 전화번호를 보고 신경질적으로 번호를 누르던 이 팀장이 신호가 가는 소리가 들리자 언제 그랬냐는 듯 헛기침을 하며 표정을 밝게 했다.

곧 유창한 영어로 전화를 받는 여성의 목소리가 들리자 비즈니스적인 미소를 띤 이 팀장이 밝은 목소리로 말했다.

"네, 팡타지오 미국 지부 뮤직 비즈니스 사업실, 클라라 앤더슨입니다."

"아! 안녕하십니까! 저는 한국의 YDN 엔터테인먼트의 이용욱 팀장이라고 합니다."

"네, 무엇을 도와드릴까요?"

"네, 다름이 아니라 저희 YDN에서 한국의 댄스 뮤지션들이 미국을 방문했는데, 팡타지오의 미국 지부를 견학할 수 있을까 해서 전화 드렸습니다."

"견학이요?"

"예, 세계적인 기업인 팡타지오를 벤치마킹해 우리 YDN도 발전의 계기로 삼고자 부탁을 좀 드리려고 합니다."

잔뜩 팡타지오를 치켜세우는 이 팀장이 전화로는 보이지 않는 표정까지 간사하게 지으며 연신 굽실거렸다.

그 너머에서 수화기를 뗀 직원이 책임자와 뭐라 이야기하는 소리가 작게 들린 후 다시 목소리가 들려왔다.

"현재 전화 주신 번호가 이용욱 팀장님의 개인 번호입니까?"

"아! 네 제 개인 핸드폰입니다."

"YDN 엔터테인먼트에 신상 확인 후 내부에 보고하겠습니다. 그 후 다시 전화 드려도 될까요?"

"신원은 확실하니 언제든 확인 부탁드립니다. 그럼 언제쯤 전화 주실 수 있을까요?"

"글쎄요, 이사님께서 자리를 비우셔서 확실하지 않습니다."

"예? 팡타지오의 손린 이사님 말씀입니까? 그분 선까지 올라가야 허가가 가능한가요?"

"네, 미국 지부에는 케이가 있습니다. 뮤지션이 없다면 가능하겠지만 작업 중인 뮤지션에게 방해가 되는 일은 모두 이사님의 허가가 필요한 사안입니다."

"바, 방해가 되지 않는 선에서 조용히 둘러만 보는 것도 그렇습니까?"

"네, 모두 포함됩니다."

"아……. 네, 알겠습니다. 그럼 연락 기다리겠습니다."

전화를 끊은 이 팀장이 다시 인상을 구기며 멀리 보이는 팡타지오의 건물을 노려보았다.

"어차피 쉬울 거라고는 생각하지 않았지만, 견학하는 것도 이리 어려울지는 몰랐군. 견학하는 척하며 케이를 마주치면 자연스레 소개하며 이야기를 꺼내보려고 했는데 말이야, 이익! 호텔에나 돌아가 있어야겠다."

다시 한번 팡타지오의 건물을 째려본 이 팀장이 휘적휘적 걸어 호텔로 향했다.

♪♪♩

한편 호텔에서 짐을 풀고 쉬고 있던 윤정과 진연은 언니들이 방을 쓰고 남은 방 하나에 같이 짐을 풀었다.

스위트룸을 잡은 터라 여러 개의 방이 있어 언니들의 눈치를 보며 제대로 쉬지도 못하는 두 사람이었다. 어두운 안색의 윤정이 캐리어 가방에서 화장품 파우치를 꺼내며 말했다.

"휴, 말만 들었지 진짜 이런 게 있구나……."

진연이 침대에 풀썩 누우며 천장을 바라보았다.

"그러게 말이야. 그래도…… 상대가 케이라면……."

윤정이 진연에게로 고개를 돌렸다.

"케이라면? 케이라면 줄 수 있어?"

진연이 침대에서 돌아누워 윤정에게로 시선을 주었다.

불안한 눈빛은 여전했지만, 어차피 반드시 해야 할 일이라면 하겠다는 의자의 눈빛을 보이는 진연이었다.

"배 나온 아저씨들한테 줄 바엔 케이가 백배는 나은 것 같아. 솔직히 이런 일 아니라도 케이라면 연애 대상으로 백 점짜리 남자이긴 하잖아."

"어머, 얘가 지금 무슨 소릴 하는 거야, 이런 일로 접대나 하는 여자를 케이가 연애 대상으로 봐줄 것 같니?"

진연이 엎드려 손으로 턱을 괴고 말했다.

"아니겠지…… 그래도 어차피 해야 할 일이고, 상대가 케이라면 그래도 좀 나은 것 같다는 말이야."

어두운 표정의 윤정이 고개를 숙였다.

"난 싫어. 물론 케이는 좋지. 만약 나한테 와서 사귀자고 하면 당장 모든 걸 다 줄 수 있을지도 몰라. 그만큼 매력적인 남자니까, 하지만 이런 방식은 싫어."

진연이 조금 장난스러운 표정을 지으며 말했다.

"케이가 널 선택해도?"

윤정이 고개를 갸웃하며 물었다.

"선택이라니?"

진연이 다시 돌아누워 천장을 보며 말했다.

"아까 비행기에서 소아 언니 옆자리에 앉아서 왔잖아. 그때 언니한테 물었는데 보통 접대받는 쪽에서 우리 중에 선택한대. 그나마 정상적인 정신 구조를 가진 사람은 한 명을, 그렇지 않으면 두 명, 세 명도 한꺼번에 들어오게 한대."

"뭐! 정말 그런 일이 있다고?"

"모르지…… 나도 들은 것뿐이니까."

"흐흑…… 난 싫어! 싫다고! 흑흑"

윤정이 울기 시작하자 진연 역시 눈물이 나는지 고개를 숙였다. 조금씩 울기 시작한 두 사람의 울음소리가 점점 커지자 조용히 방문이 열리며 수정의 얼굴이 들어왔다.

울고 있는 둘을 본 수정이 냉정한 표정을 지으며 말했다.

"미국까지 와서 뭐 하는 짓들이야? 애들 마음 뒤숭숭하게 하지 말고 나가서 바람이라도 쐬고 와."

한국 연예계에서 몇 년 선배는 하늘과 같다.

막 데뷔한 애송이들에게 수정은 신과 같았기에 어깨를 들썩이면서도 자리에서 벌떡 일어난 두 사람이 동시에 답했다.

"네, 언니. 죄송합니다."

두 사람을 째려본 수정이 문을 닫고 나가자 아직 차렷 자세로 서 있던 진연이 한숨을 쉬며 윤정의 손을 잡았다.

"나가자, 여긴 우리 알아보는 사람도 없을 테니까 바람 좀 쐬고 나면 나아질 거야."

"응…… 호텔 앞 시가지에 쇼핑이라도 가자."

지갑과 핸드폰만 챙긴 두 사람이 언니들이 앉아 있는 거실을 지나면서도 눈치를 보며 호텔 방을 나섰다.

로비를 나서 밖으로 나오자 선선해진 가을바람이 시원하게 밀려 들어왔다.

뉴욕의 공기는 그리 좋지 않았지만 무서운 언니들과 잠시라도 떨어져 있으니 답답한 가슴이 조금 나아지는 것 같았던 두 소녀는 뉴욕 시가지를 걸으며 이것저것 쇼핑도 하고 먹거리도 사 먹자 조금씩 밝아지는 두 사람이었다.

어느새 자신들의 처지를 잊었는지 꺄르르 웃으며 장난도 치고 밝은 얼굴로 신기한 물건들을 구경하던 그들은 어느새 링

컨 센터 앞에 도착해 있었다.

웅장한 링컨 센터를 본 윤정이 몽롱한 얼굴로 말했다.

"언젠가 나도 저런 데서 공연하는 사람이 될 수 있을까?"

진연 역시 그녀의 옆에 서서 건물을 바라보았다.

"저기가 예전에 케이의 오페라 공연을 했던 곳이래."

"아, 정말? 와아…… 역시 대단한 사람이구나, 케이는."

"응, 그 사람 수정이 언니랑 동갑이래. 군대를 다녀와서 아직 학생인 거고."

"와, 군대도 이미 다녀왔어? 그런 기사 못 봤는데."

"응, 쥐도 새도 모르게 입대해서 만기 제대했다고 하더라. 그것도 전방부대 갔다 왔대."

"그렇구나…… 뭐 하나 틈이 없는 사람이네."

진연이 윤정과 대화를 하다가 링컨 센터의 왼편으로 고개를 돌렸다.

"와아…… 저기가 줄리어드구나."

고개를 돌린 윤정의 눈에 뾰족한 모양으로 대칭이 맞지 않는 회색 건물이 들어왔다.

오후 시간이라 학생들이 붐비는 줄리어드를 선망의 눈으로 보던 윤정이 나직이 중얼거렸다.

"나도 저런 곳에서 제대로 음악 공부를 했더라면…… 이런 일은 안 했어도 되었을까?"

"글쎄…… 너나 나나 한국에서 활동했을 테니 아마 똑같았을지도 모르지. 그리고…… 어? 어어어!"

"응? 뭐야, 왜 그래?"

진연이 놀라 소리를 치자 윤정이 그녀의 시선이 머무르는 곳을 보았다.

그리고 그곳에 커다란 캐딜락 에스컬레이드 차량에서 내려 몰려드는 학생들에게 손을 흔들어주고 있는 건이 있었다.

진연이 윤정의 손을 잡아끌며 말했다.

"우, 우리도 가보자!"

"어, 어머, 어, 어디를!"

"어차피 우리 못 알아볼 거잖아. 그냥 가까이 가서 얼굴이라도 한번 보자, 만날 수 있을지 없을지도 모르고 무작정 온 건데, 기왕 온 거 가까이서 구경이라도 해보고 가야지! 빨리!"

차 앞에 서서 학생들의 환호에 답을 해주고 있는 건이었지만, 언제 학교로 들어가 버릴지 알 수 없었기에 마음이 급해진 진연이 힘으로 윤정을 끌어당겨 뛰기 시작했다.

조금 떨어진 곳이라 뛰어도 꽤 시간이 걸렸기에 건의 움직임에서 눈을 떼지 않고 있던 진연이 다급히 말했다.

"아아아! 들어간다! 더 빨리!"

선글라스를 쓴 덩치 큰 남자들의 안내를 받아 학교로 들어가는 건을 보고 더욱 마음이 급해진 진연이 소리쳤다.

윤정 역시 건을 보고 싶은 마음은 비슷했는지 속도를 냈다.

하지만 두 사람이 건의 앞에 도착했을 때는 막 줄리어드의 문을 열고 들어가는 건의 옆모습만 겨우 보였다.

숨을 헐떡이며 안타까운 눈을 한 진연이 건을 둘러싸고 있던 학생들이 학교로 우르르 들어가는 통해 밀려 학교 안까지 들어왔다.

"아아, 죄, 죄송해요. 저희는 학생이 아니라서요!"

워낙 건을 둘러싸고 있던 학생들이 많았고, 그들 역시 학교로 들어가야 했기에 많은 이들이 계속 문으로 밀려들었다.

벽에 찰싹 달라붙어 자신들을 스치고 지나가는 외국인들을 두려운 눈으로 보던 소녀들은 영어도 잘 못 했기에 그저 빨리 이 상황이 지나가길 바랐다.

몇 분간 끊임없이 밀려드는 학생들이 잦아들자 벽에 붙어 있던 진연이 몸에 힘을 빼며 한숨을 쉬었다.

"휴! 무서웠다……."

윤정이 울상을 지으며 눈치를 보았다.

"빨리 나가자, 괜히 여기 있다가 걸리면 영어도 못 하는데 설명도 안 되고 곤란해져."

"응, 나가자."

진연이 윤정의 손을 잡고 줄리어드의 정문 쪽으로 나서려다

문득 발걸음을 멈추고 뒤를 돌아보았다.

자유로운 학교의 분위기를 보던 진연이 가만히 학생들과 교직원들을 보았다.

줄리어드는 워낙 다양한 국적의 학생들이 있었기에 동양인 두 사람이 서 있다고 해서 신경을 쓰는 이는 아무도 없었다. 거기에 두 사람이 대학 신입생 정도의 나이로 보여서 아무도 의심의 눈빛을 보내지 않았다.

갑자기 멈춰 선 진연을 돌아본 윤정이 소근거렸다.

"뭐해, 빨리 나가자니까."

윤정이 잡아끄는 팔에 힘을 준 진연이 손가락을 들어 학교 안을 가리켰다.

"윤정아, 봐봐. 아무도 우리 신경 안 써."

윤정이 조심스럽게 사람들을 보았다.

백팩을 메고 벽에 기대어 친구와 이야기하는 백인, 큰 첼로 가방을 메고 낑낑거리며 계단을 올라가고 있는 흑인 여학생, 복도에서 바이올린을 연주하고 있는 세 명의 동양인 남학생…….

처음에는 조심스러운 눈빛으로 보던 윤정 역시 영화에서나 보던 자유로운 미국 학교의 분위기에 선망의 눈빛이 되었다.

"미국 학교는 정말 이렇구나…… 부럽기도 하고 멋지다."

"그러게, 우린 대학도 입학만 했지, 거의 가지도 않았으니 한국 대학 생활도 모르지만 말이야."

"언니 말로는 과제하느라 암 걸릴 것 같대. 여기랑 다르겠지."

진연이 윤정의 옆모습을 보며 말했다.

"저기…… 아무도 우리 신경 안 쓰는 것 같은데…… 우리 학생인 척하고 학교 구경하지 않을래?"

윤정도 마음이 끌렸지만, 여전히 걱정스러웠는지 불안한 표정으로 물었다.

"나도 구경하고 싶긴 한데…… 걸리면 어떡해, 우린 영어도 못 하잖아."

"그건 그때 가서 생각하자, 설마 내쫓기는 것 외에 다른 게 더 있겠어? 걸리면 쏘리 쏘리 하면서 나가면 되지, 헤헤."

손을 맞대고 애원하는 제스처를 취하는 진연을 보고 피식 웃음을 지은 윤정이 살짝 고개를 끄덕였다.

"그래, 그럼 조금만 보고 가자. 실은 나도 여기 다녀보는 게 꿈이었거든."

"히히, 그래! 저기는 도서관인가 봐. 가보자!"

도서관, 학교 식당, 강의실, 작은 공연 스튜디오 등을 쏘다니며 신나게 구경하던 두 사람이 한적한 2층에 다다랐다.

긴 복도 양쪽에 다닥다닥 붙은 문들이 있는 것을 본 진연이 달려가 작게 난 창으로 살짝 안을 들여다본 후 말했다.

"와, 여기는 개인 연습실인가 봐."

윤정도 창문에 달라붙어 안쪽을 보았다. 붉은 머리에 자신들과 비슷한 또래 여학생이 바이올린을 켜며 연습하고 있는 것을 본 두 소녀가 연습실들을 둘러본 후 말했다.

"여기도 과제가 많긴 마찬가지인가 봐. 이 많은 연습실이 전부 꽉 차 있네, 그렇지?"

"응, 아까 보니까 막 땀을 줄줄 흘리면서 연습하는 학생들도 많더라. 다들 열정적이네."

"그러니까 이런 학교를 다니는 거겠지. 부럽다, 진짜."

"어, 3층도 있나 봐. 올라가 볼까?"

"응! 가보자!"

손을 잡고 계단을 뛰어 올라온 두 소녀가 3층의 복도를 바라보며 고개를 갸웃했다.

"여긴 되게 조용하네, 뭐 하는 곳이지?"

진연이 먼저 나서 맨 앞에 있는 문에 걸린 명패를 보았다.

"프…… 프로페서? 프로페서가 뭐더라……."

"교수잖아, 여긴 교직원 전용인가 봐, 내려가자 괜히 여기 있다가 걸리면 안 되잖아."

"잠깐만! 여기 혹시 그때 오페라 공연 때 본 프라이스 교수도 있지 않을까?"

"그 할머니 은퇴했잖아, 빨리 가자니까."

"아, 잠깐만…… 또 그…… 샤론 교수도 있을지도 모르잖아!"

"있으면 어쩌려고? 설마 사인이라도 받으려고 그래?"

"아니, 그냥 멀리서 얼굴이라도 보고 싶어서 그러지."

"안 돼, 괜히 뭐라고 말이라도 걸어오면 어쩌려고 그래, 빨리 가자니까!"

진연은 교수실을 구경하고 싶어 했고, 겁이 많은 윤정은 진연의 팔을 잡아끌며 계단 쪽으로 가려 실랑이를 벌였다.

그때 복도에서 문이 열리는 소리가 들려오자 두 소녀가 동시에 고개를 돌렸다.

복도 중간쯤의 문을 열고 나오는 남자를 본 진연이 눈을 크게 뜨고 말했다.

"케…… 케! 으읍!"

황급히 진연의 입을 막은 윤정이 그녀를 잡아끌며 다급히 소근거렸다.

"빨리 가자니까!"

"으읍! 자, 잠깐만 케이라니까!"

교수실 문을 열고 나온 건이 마중을 나온 샤론과 웃으며 이야기를 나누었다.

"하하, 교수님. 좀 늦게 왔는데 이해해 주셔서 감사해요."

"아니에요, 앞으로도 꼭 오전 시간에 들르지 않아도 되니까 자유롭게 와요. 전 언제나 학교에 있으니까요, 그리고 매일 오게 해서 미안해요, 학장님 지시라 어쩔 수 없네요."

"에이, 편의 봐주시는 것 아는 걸요 뭐. 항상 감사해요."

"호호, 그리 생각해 주면 고맙죠. 그럼 오늘도 열심히 하세요."

"네, 내일 또 오겠습니다."

샤론 교수의 방문이 닫히자 건이 살짝 미소를 지은 후 계단 쪽으로 걸어왔다.

건의 눈에 너무 예쁜 두 명의 동양 소녀가 들어왔다.

갓 스무 살을 넘긴 아이돌답게 귀엽고 발랄해 보이는 두 사람을 지나치던 건이 잠시 그녀들에게 시선을 주다가 눈인사를 건네자 자기도 모르게 마주 인사하는 두 사람이었다.

"아, 안녕하세요……."

학교에서 자신에게 인사를 건네는 학생들이 많았기에 살짝 웃어준 후 그냥 지나치려던 건이 두 학생이 건넨 인사가 한국어라는 점과 예의 바르게 두 손을 공손히 모으고 고개를 숙였다는 것을 눈치채고 돌아보았다.

"한국인이에요?"

갑자기 말을 걸어올 거라고는 생각하지 못했던 두 소녀가 움찔 놀랐다.

건이 고개를 갸웃거리며 한국어로 말했다.

"아닌가?"

"마, 맞아요!"

진연이 나서서 말하자 반가운 표정을 지은 건이 조금 다가오며 말했다.

"그래요? 하하, 여긴 한국 학생이 많지 않은데, 처음 보는 얼굴인 걸 보니 신입생인가 봐요?"

"아…… 아니요. 사, 사실은…… 저희는 여기 학생이 아니고…… 우, 우연히 들어오게 된 김에 학교 구경이라도 해, 해보려고 들어왔어요……. 죄, 죄송합니다……."

아이돌 막내들은 항상 남의 눈치를 보며 산다. 죄송하다는 말을 입에 달고 사는 그녀들은 모르는 사람에게도 다가가 친근한 척해야 했고, 잘못하지 않았음에도 잘못했다는 말을 달고 살아야 했기에 반사적으로 사과하는 두 소녀였다.

"음? 구경하러 올 수도 있지, 뭐가 죄송해요. 여행 온 거예요?"

두 소녀가 서로의 눈치를 보며 무슨 말을 해야 할지 머뭇거리자, 건이 웃으며 말했다.

"한국인들 만나본 것도 오랜만이라 반가워서 물어본 거예요, 실례가 되었다면 죄송했습니다."

건이 사과를 건네고 몸을 돌리자 윤정이 다급하게 손을 휘저으며 말했다.

"아, 아니에요! 그, 그런 게 아니에요, 오빠!"

오빠 소리가 어찌 그리 자연스럽게 나왔는지 알 수 없지만, 자신에게 오빠라고 부르는 윤정을 돌아본 건이 살짝 웃었다.

윤정이 몸을 배배 꼬며 땅을 보았다.

"그, 그게…… 일 때문에 왔는데 바람을 쐬러 나왔다가 우연히 들어오게 된 거예요."

"아~ 그랬구나. 알겠어요, 구경 잘하시고 조심히 가세요."

건이 웃어주며 다시 몸을 돌리려 하자 어디서 그런 용기가 났는지 소심한 윤정이 건의 팔 옷깃을 살짝 잡았다.

"저, 저기!"

"네?"

"사, 사진 한 번만……."

"아, 하하. 알았어요."

두 사람과 사진을 찍어주고 난 후 사인까지 해주던 건이 사인지에 이름을 써주려는 듯 물었다.

"이름이 뭐예요?"

"윤정이요, 얘는 진연이에요."

"후후, 네."

사인을 해준 건이 사인지를 돌려주자 조심스럽게 손을 내밀며 악수를 청하는 윤정이었다.

"저…… 아, 악수를……."

"하하, 네."

건이 악수해 준 다음 손을 흔들며 사라지자 계단 중간에서 멍하게 그의 뒷모습을 보던 윤정이 떨리는 손을 들어 올렸다.

"나…… 케이랑 악수했다……."

진연 역시 몽롱한 표정으로 말했다.

"우…… 웃는 거 봤어? 나 심장이 다 녹아버리는 줄 알았어……."

"대박…… 지, 진짜 잘생겼어. 매너도 짱 좋아!"

"꺄악! 나 케이랑 대화한 거 맞지? 너도 같이 본 거 맞지? 이거 꿈 아니지?"

"꺄하학! 나 오늘 손 안 씻을래!"

"이 년 봐라? 아까는 케이라도 이런 건 싫다더니 이젠 손을 안 씻어?"

"꺄아, 실제로 보니까 완전 멋지잖아!"

"푸히히, 그런데 SNS에는 올리지 말자, 괜히 언니들한테 걸리면 혼날지도 모르잖아."

"응, 우울할 때 혼자만 볼 거야!"

"히히! 우리 검색해서 맛있는서 저녁도 먹고 들어가자!"

"좋아!"

기분이 좋아진 두 소녀가 신나게 줄리어드의 복도를 뛰었다.

그 시각, 호텔 라운지에서 싱글 몰트 위스키 한 잔을 앞에 놓고 담배를 피우고 있던 이 팀장이 하이힐 소리를 내며 다가오는 수정을 보며 자리를 권했다.

"앉아."

"네, 팀장님."

섹시한 원피스를 입고 긴 생머리를 휘날리며 자리에 앉은 수정이 고혹적인 눈빛으로 바텐더를 보며 주문했다.

"모히또로 주세요."

주문을 하는 수정을 위아래로 보던 이 팀장이 술잔 속에 든 얼음을 빙글빙글 돌리며 말했다.

"쉽지 않겠어, 생각보다 문턱이 높아. 며칠 걸릴지도 모르니까 애들 단속 잘하고, 돌아가는 거 보니까 갑자기 호출되지는 않을 것 같으니 외출은 해도 좋아."

"네 팀장님."

"윤정이, 진연이는 몰라도 너랑 소아, 윤현이는 파파라치에게 찍힐지도 모르니까 얼굴 잘 가리고 다녀라. 괜히 다른 기획사에서 미심쩍게 보면 경쟁자만 늘어나니까, 아직은 비밀이야."

주문한 술이 나오자 청순한 이미지와 달리 단숨에 한 잔을 다 마신 수정이 눈을 빛냈다.

♪♪♩

이 팀장이 팡타지오에 전화를 넣은 지 삼 일이 지났다

하지만 여전히 연락이 오지 않자 긴장하고 있던 다섯 여인의 마음이 슬슬 풀려갔다.

자유라고는 없는 한국 생활 도중 자신들을 감시하는 매니저까지 없으니 신이 난 여인들이 끼리끼리 모여 맛있는 것을 먹으러 다니거나, 쇼핑을 즐겼다.

같은 회사 소속으로 몇 년이 넘는 시간을 부대끼며 산 수정, 윤현, 소아는 서로 친했다.

팀이 다르긴 했지만, 접대 시 자주 마주쳤기에 동병상련의 기분을 느끼며 서로 위로하거나, 힘을 내는 사이였기 때문이다.

반면에 이제 막 데뷔한 윤정과 진연은 언니들과의 시간이 불편하기도 했고, 함께 다녀도 자기들끼리만 이야기를 나누는 언니들 덕에 소외감을 느꼈다.

급기야 언니들이 외출할 때 호텔에 남아 쉬겠다고 말한 두 사람은 언니들이 나가고 난 뒤 몰래 둘만의 외출을 즐겼다.

오늘은 언니들이 브루클린의 클럽에 가서 술을 마신다고 한 날이라 저녁 시간까지 호텔에서 눈치만 보고 있던 두 사람이 화려한 옷을 입고 호텔을 나서는 언니들을 배웅한 후 문이 닫히자마자 방으로 뛰어 들어가 옷을 갈아입기 시작했다.

"야호! 오늘은 언니들 늦게 오겠지? 그럼 우리도 늦게까지 놀다 오자!"

"응응! 밤늦게까지 놀다가 오자! 언니들 어차피 새벽이나 되야 올 거야! 히히."

재빨리 옷을 갈아입은 두 사람이 호텔 문을 나서 엘리베이터에 올라탔다.

얼굴을 아는 한국인이 있을지 모르는 언니들과는 달리 데뷔한 지 한 달도 안 된 그들을 미국에서 알아볼 사람은 없었기에 자유로운 차림으로 나온 소녀들이 까르르 웃으며 호텔을 나서 택시를 잡았다.

핸드폰 통역 어플을 켠 진연이 멕시코 계 택시 기사에게 핸드폰을 내밀자 기사가 웃으며 말했다.

"하하, 비비킹 클럽 말이군요? 알겠습니다, 모셔다드리죠, 아름다운 레이디."

칭찬을 했지만 멕시코 발음이 섞인 영어를 알아들을 수 없던 진연이 뒷자리에 앉아 당황했다.

"뭐, 뭐라고 길게 말하는데 뭐라고 하는지 모르겠어. 맞는 거겠지?"

윤정도 긴장한 표정을 지었지만 이내 고개를 끄덕였다.

"분명히 아저씨가 비비킹 클럽이라고 말하긴 했으니까 맞을 거야."

"아씨, 영어 공부 좀 해둘걸, 짜증 나."

"히히, 너 그래도 일본어는 하잖아."

"응, 요새 일본어랑 중국어는 기본으로 해야 하잖아, 언제 진출하게 될지 모르니까."

"나도 그런데, 미국에서는 전혀 쓸모가 없네."

"쳇, 그러게 말이야."

투덜거리는 두 사람이 한국어를 하자 택시 기사는 더 이상 말을 걸지 않았다.

하지만 한국에서 아이돌을 할 만큼 예쁜 두 동양인 여학생을 룸미러로 훔쳐보는 기사였다.

가끔 룸미러로 눈이 마주칠 때마다 느끼한 미소를 보내는 기사에게 어색한 웃음을 지어준 진연이 입을 움직이지 않고 복화술을 하듯 윤정을 쿡쿡 찌르며 말했다.

"으…… 하하…… 저 아저씨 기분 나빠, 윤정아."

"티, 티 내지 마. 미국은 별거 아닌 걸로 총 쏜다고 그랬어."

"무, 무서운 소리 하지 마…… 또, 또 본다. 우, 웃어……."

"아…… 하하하하"

기사는 윤전과 진연이 자신을 보고 웃어주자 더욱 적극적으로 룸미러를 통해 아이 컨택을 해왔다.

그저 예쁜 딸뻘의 동양 소녀들이 귀여워서 한 행동이지만 그의 행동은 그녀들에게 무서움으로 다가왔다.

잠시 후 비비킹 클럽의 입구 앞에 택시가 서자 잔돈도 받지 않고 현금을 내던진 두 소녀가 재빨리 택시에서 내렸다.

잔돈을 주려던 택시 기사가 그녀들의 뒷모습을 보고 입맛을 다신 후 차를 출발시키자 차가 사라질 때까지 경계의 눈빛으로 노려보던 윤정이 안도의 한숨을 쉬었다.

"휴, 택시 타는 것도 쉽지 않네. 여기 맞아?"

진연이 두리번거리다 비비킹 클럽의 간판을 손가락질하며 웃었다.

"비비킹 클럽이 두 개가 아니라면 맞는 것 같네, 히히. 들어가자!"

사람이 바글거리는 입구를 지나려는 두 소녀의 앞을 엄청난 덩치의 흑인이 가로막았다.

"뭡니까?"

영어로 말을 걸어오는 무서운 흑인 덕에 미친 듯이 뒷걸음질을 친 진연이 식은땀을 흘렸다.

"저, 저기. 아임 쏘리! 위 아 코리언! 아이 캔트 스피크 잉글리시!"

이상한 발음의 영어를 하는 진연을 본 흑인이 무슨 소리인지 모르겠다는 듯 고개를 갸웃거리다 소녀들의 뒤쪽을 가리켰다.

"줄 서요. 사람들 기다리는 거 안 보여요?"

말을 알아듣지는 못했지만, 그가 가리키는 곳에 줄이 늘어서 있는 것을 본 윤정이 진연을 끌어당겼다.

"주, 줄 서라는 건 가봐."

"그, 그래? 가, 가자. 때, 땡큐 쏘 머치……."

흑인은 두 소녀가 줄의 맨 뒤로 가서 서는 것을 확인한 후에야 자기 일을 보았다.

그제야 두 소녀가 안도의 한숨을 쉬며 앞에 길게 늘어선 줄을 보았다.

"아, 앞에 백 명은 있는 것 같아. 언제 들어가, 힝."

"그래도 기다리자, 여긴 케이가 일 년이나 공연했던 곳이라 여행객들에게는 성지라고 불리는 곳이란 말이야. 햄버거도 엄청 맛있대."

"응, 그건 나도 아는데…… 휴우 두 시간은 기다려야 할 것 같지 않아?"

"그래도 기다려야지. 난 꼭 여기서 밥 먹을 거야!"

"에휴, 알았어. 기다리자."

두 시간을 예상했지만 30분이 지나도 줄은 줄어들지 않았다. 맨 앞에서 기다리던 네 명의 백인 남자들이 들어간 것을 마지막으로 감감무소식인 입구를 초조한 얼굴로 보고 있던 두 사람이 갑자기 사람들이 내지르는 고성에 놀라 귀를 막았다.

"꺄아아아아아아아악!"

"뭐, 뭐야!"

"엄마야!"

귀를 막고 당황스러운 눈으로 주위를 둘러보던 진연이 손을 들며 소리쳤다.

"케이 오빠다!"

"뭐! 어디, 어디?"

사람들이 소리를 지르며 환호를 보내자 줄이 뒤엉켰다. 재빨리 뛰어나온 경호 인력들이 줄을 벗어나는 사람들을 밀어내고, 가게 앞까지 주차된 차에서 내린 건이 웃으며 사람들에게 손을 흔들었다.

"꺄악! 봐, 내 말 맞잖아! 케이가 이 가게 자주 온다니까!"

"그래그래! 네 말 듣고 오길 잘했다, 잘했어!"

"꺄악, 진짜 잘 생겼어, 어떡해!"

서양인들이 환호를 지르자 의미는 알 수 없었지만 건에게 보내는 것임을 느낀 두 소녀가 멍한 얼굴로 그를 바라보았다.

"나도…… 언젠가 서양 사람들도 환호를 보내주는 가수가 될 수 있을까?"

"후우…… 나도 그런 사람이 되고 싶네. 진짜 부럽다."

너무 많은 사람 속에 있던 터라 어차피 건이 자신을 볼 수 있을 리는 없다고 생각한 두 소녀가 그저 멀리서 건을 바라만 보고 있는 도중 뚱뚱한 흑인이 가게 안에서 뛰어나와 반가운 표정으로 건을 안아주는 것이 보였다.

"오, 케이! 요새 자주 오는군요!"

"하하, 삼보! 장사 잘 되세요?"

삼보가 길게 늘어선 줄을 가리키며 환하게 웃었다.

"케이가 자주 찾아 와주는 덕에 저렇게 손님이 많지요, 하하."

삼보가 가리키는 줄을 보며 웃음을 짓던 건이 눈을 동그랗게 떴다.

"어? 쟤들은……."

건의 눈에 학교에서 보았던 윤정과 진연이 들어왔다.

"이름이…… 윤정, 진연이었지?"

백 명도 넘게 줄을 서 있는 와중에도 거의 맨 끝에 있는 두 소녀를 본 건이 잠시 기억을 더듬다가 줄 쪽으로 다가갔다.

건이 다가오자 줄을 선 사람들이 환호하며 손을 내밀었고, 경호원들이 사람들을 밀어냈다.

삼보가 건에게 따라붙으며 물었다.

"어디 가요? 안으로 가셔야죠."

"아, 잠깐만요. 아는 사람이 있어서요."

윤정과 진연이 자신들을 보며 다가오는 건을 보고는 뒷걸음질을 쳤다.

긴장한 눈빛의 소녀들에게 다가간 건이 웃으며 말했다.

"윤정 씨, 진연 씨였죠?"

자신들의 이름을 기억해 준 건에게 놀란 진연이 머뭇거리며 말했다.

"네…… 네, 오빠."

"오, 오빠…… 또 보네요."

"하하, 그러네요. 나오세요."

"예?"

"나오세요. 저랑 같이 들어가요."

"아, 정말이요?"

한국어로 말했기에 주위 손님들은 무슨 말을 하는지 몰랐지만, 건과 아는 사이인 듯 보이는 예쁜 동양 소녀들에게 시선이 집중되었다.

건이 자신의 뒤에 있던 삼보에게 넌지시 말했다.

"아는 사이라 그런데, 같이 좀 들어가도 되죠?"

삼보가 조금 곤란한 표정을 지으며 손님들을 보았다.

"들어가는 것은 문제가 없는데, 홀에 자리가 없어요."

건이 입술을 삐죽이다 두 소녀에게로 고개를 돌렸다.

"홀에 자리가 없다는데 그냥 나랑 같이 밥 먹을래요?"

"헉! 지, 진짜요?"

"오, 오빠! 지, 진짜 그래도 돼요?"

건이 웃음을 지으며 줄을 세우기 위해 걸쳐 둔 빨간 줄을 들어 올린 후 고갯짓했다.

"네, 다른 손님들도 뭐 다들 이해해 줄 거예요. 나와요."

"고맙습니다, 오빠!"

"꺄악! 고마워요, 오빠!"

두 소녀가 허리를 숙여 줄을 벗어나자 삼보가 경호 인력들을 불렀다.

"줄 제대로 다시 세우고, 이 두 아가씨는 케이의 지인인 것 같으니 함께 VIP실로 안내해."

과묵한 경호원들이 살짝 고개를 숙인 후 건을 안내했다. 진연이 앞서 걷고 있는 건의 등을 보며 마치 꿈이라도 꾸는 듯한 표정을 지었다.

"이거 레알이냐?"

윤정 역시 믿기지 않는 듯 자신의 볼을 꼬집었다.

"아야, 아파. 진짜인가 봐."

가게로 들어간 두 사람의 눈에 무대 위에서 공연하는 블루스 뮤지션들과 박수치며 공연을 즐기는 사람들이 들어왔다.

영화에서나 보던 미국 블루스 클럽을 실제로 본 두 소녀가 놀랄 틈도 없이 건을 본 관객들이 괴성을 지르기 시작했다.

"꺄아아아아아아악! 케이!"

건이 익숙한 듯 손을 흔들어주며 VIP룸으로 이동했다.

사람들은 건의 이동 동선에 따라 시선을 움직이며 테이블을 두들기기 시작했다.

"케이! 케이! 케이! 케이!"

홀린 듯한 표정으로 건을 뒤따라 걷고 있던 소녀들이 VIP룸의 문 안으로 들어간 건을 보다가 다시 홀을 보았다.

건과 함께 온 정체 모를 동양 소녀들에게 관심이 갔는지 대부분의 관객이 두 사람을 보고 있자, 자기도 모르게 버릇처럼 허리를 숙여 인사하는 두 소녀였다.

영어를 못 했기에 뭐라고 말해야 할지 몰랐던 소녀들이 자신들이 인사할 이유가 없다는 것을 깨닫고는 볼을 빨갛게 물들이며 VIP룸으로 들어갔다.

먼저 자리에 앉아 있던 건이 메뉴판을 내밀며 말했다.

"여긴 기본 햄버거랑 맥주가 맛있어요."

진연과 윤정이 넓은 VIP룸에서 어떤 자리에 앉아야 할지 고민하다가 건의 맞은편에 앉으며 말했다.

"네, 네! 저, 저희도 그걸로 먹을게요."

"후후, 그래요."

주문을 마친 건이 빙그레 웃으며 두 사람을 보았다.

"작은 인연인 줄 알았는데, 생각보다 큰 인연이었네요, 우리."

건의 웃음을 마주하고 부끄러워하는 윤정과 달리 발랄한 진연이 밝게 웃으며 고개를 끄덕였다.

"헤헤, 진짜 그러네요! 오빠 그런데 여기서 혼자 식사하러 오신 거예요?"

"아니에요, 친구들도 곧 올 거예요."

"친구요? 오빠 친구들이요?"

"네, 제 친구들이죠, 후후."

건의 말이 끝나자마자 VIP룸의 문이 벌컥 열렸다.

엄청나게 키가 큰 장신의 흑인이 건과 함께 앉아 있는 처음 보는 소녀들을 보고는 선글라스를 내리며 물었다.

“뭐냐, 이 꼬맹이들은.”

진연과 윤정이 들고 있던 포크를 떨궜다.

“스…… 스넵 독…….”

엄청난 키의 흑인 뒤에서 그보다 작은 백인이 후드를 뒤집어쓰고 고개를 내밀었다.

“엥? 케이, 이 사람들 누구야?”

윤정이 마른 침을 꿀꺽 삼켰다.

“네…… 네미넴이야, 진연아…….”

건이 자리에서 일어나며 말했다.

“하하, 들어와서 말해요. 어, 시즈카도 같이 왔구나?”

회색 롱 가디건에 하얀 블라우스를 입은 시즈카가 마지막으로 들어오며 웃었다.

“호호, 회사에 같이 있다가 온 거예요. 어머, 이분들은 누구세요?”

너무나 아름답고 청순한 시즈카의 웃음을 본 진연이 말을 잃었다.

스넵과 네미넴이 건의 옆에 앉고 자연스레 여자들 쪽에 시즈카가 자리를 잡았다.

건에 비하면 한참 손색이 있었지만 시즈카 역시 최근 활발하게 활동하고 있는 스타였고, 스넵과 네미넴은 말할 것도 없는 레전드였기에 굳어버린 진연과 윤정은 입을 조개처럼 다물고 그들을 구경하기에 여념이 없었다.

잠시 건과 이야기를 나눈 스넵이 네미넴과 시즈카의 식사와 술도 주문한 후 두 소녀를 빤히 보았다.

"일반인 같지는 않군, 동양인치고 미녀인 걸 보니 어디 배우라도 되는 건가?"

스넵의 말을 알아들을 리 없는 두 소녀가 자신들 쪽을 보며 말하는 스넵을 보고는 몸을 굳혔다.

마치 바위에 금이 가는 듯 우드득 소리를 내며 굳어버리는 두 소녀를 보고 웃음을 지은 건이 통역을 해주자, 진연이 조심스럽게 말했다.

"시, 실은 우리도 음악을 해요."

건이 반색하며 물었다.

"정말? 음악 하는 사람들이었어요, 둘 다? 아, 그래서 줄리어드로 구경을 왔었구나?"

오해였지만 사실대로 말할 수도 없었기에 진연과 윤정은 그저 아무 말 없이 고개를 숙였다.

둘의 반응을 본 건은 두 소녀가 음악을 한다고 당당히 말할 수 없는 처지라고 생각했다. 음악 대학을 나오지 않고 데뷔를 준비하는 사람들은 어디 가서 쉽게 뮤지션이라고 말하기 어려워한다는 것을 알고 있었기 때문이다.

더 묻지 않고 다른 친구들에게 진연의 말을 전해주자 다들 놀라워하며 두 소녀를 보았다.

햄버거를 한 손에 든 네미넴이 관심이 가는지 물었다.

"무슨 음악을 하는데?"

아주 쉬운 영어였기에 건의 통역 없이 대강 알아들은 윤정이 기어들어 가는 목소리로 말했다.

"대, 댄스 뮤직……."

"오? 댄스 뮤직? 어디에서, 한국에서?"

"예, 예스…… 슈어……."

"호오, 그래? 헤이 케이, 너 요새 바람의 노래인가 하는 것 때문에 한국 댄스 뮤직들 듣는다며, 얘네들한테 도움 좀 받지 그래?"

건이 웃으며 네미넴의 말을 받았다.

"하하, 그럴까요?"

말은 그리 했지만 갓 데뷔한 것으로 보이는 두 사람에게 건이 도움을 받을 일은 없을 거라는 것이 모두의 생각이었다.

더구나 네미넴의 마지막 말은 너무 길고 빨랐기에 알아듣지도 못한 두 사람이었다.

건이 대충 반갑다는 말이라고 통역을 해준 후 다시 맥주와 햄버거를 먹기 시작한 친구들이 활발하게 이야기를 하기 시작했다.

네미넴과 스넵은 며칠 전부터 팡타지오로 와 음악 작업을 하고 있고, 시즈카는 지하에 있는 공용 연습실의 일부를 배정받아 전용 연습실이 생겨 무척 기분이 좋은 상태였다.

모두가 웃으며 이야기를 나누고 있었지만, 영어로 오가는 대화 속에 동떨어진 두 사람은 꿀 먹은 벙어리처럼 그저 말하는 사람 쪽으로 고개를 돌려대고 있을 뿐이었다.

대화의 중심에 있던 건이었지만 두 사람이 신경 쓰였던 건이 맥주를 들고 윤정과 진연의 곁으로 왔다.

술자리였기에 자리 이동을 하는 건을 신경 쓰는 사람은 없었고, 그를 본 친구들은 그저 다시 자기들끼리 이야기를 하기 시작했다.

윤정의 옆에 앉은 건이 맥주를 내밀며 말했다.

"건배할까요?"

윤정과 진연이 재빨리 맥주병을 내밀자, 가볍게 갖다 댄 건이 병나발을 불었다.

한 번에 반병이 넘는 맥주를 마셔 버리는 건을 멍하게 보던 윤정이 나직하게 말했다.

"오빠, 술 엄청 잘 드시네요."

"하하, 누구랑 같이 있다 보니까 술이 늘더라고요."

"듣던 이미지랑 좀 달라서 놀랐어요."

"그래요? 후후. 제 이미지가 어떤데요?"

진연이 끼어들며 손으로 날갯짓을 했다.

"오빠 이미지는 천사잖아요, 술도 안 마시고 담배도 안 피우고, 막 지나가는 거지들도 도와주고 그런 이미지랄까?"

진연의 말에 웃음을 터뜨린 건이 맥주를 한 모금 더 마신 후 말했다.

"담배는 안 피워요. 술은 좀 마시는 편이고 지나가는 거지는…… 도와줘 본 적 없는 것 같아요, 하하."

진연이 건의 웃는 모습에 넋을 잃어버리자 윤정이 말했다.

"오빠, 그냥 반말하셔도 돼요, 우리가 한참 어려요."

건이 한국 집의 이웃인 지이를 떠올렸다. 동생 같은 아이들을 둘러보며 웃던 건이 고개를 끄덕였다.

"그래, 좋아. 편하게 말할게. 댄스 음악 한다고 했었지? 데뷔는 했고?"

윤정이 살짝 고개를 끄덕였다.

"네, 데뷔한 지 몇 개월 안 되었어요, 아직 히트도 못 했고 인지도를 쌓아가는 중이에요."

"인지도? 어떻게 하는 건데? 라이브나 라디오 같은 거?"

"아니요, 예능 방송 같은 거요."

"응? 가수 인지도를 왜 예능에서 올려?"

한국에서 활동하긴 했지만, 너무 짧은 기간 활동했고, 네팔 등에서 찍었던 예능도 그저 영석의 부탁으로 촬영한 것이기에 한국의 실정을 모르는 건이 진심으로 이상하다는 표정을 지으며 말하자 윤정이 서글픈 표정을 지으며 말했다.

"한국은 예능을 하지 않으면 뮤지션이 먹고 살기 힘들어요, 초대박 히트를 한 몇 곡을 가진 뮤지션 말고는 대부분 예능을 하고, 우리 같은 신인은 거의 예능에서 얼굴을 알려야 해요. 안 그러면 행사도 못 가거든요."

"행사? 무슨 행사?"

"그 왜…… 대학 축제나 지방의 행사요."

"응? 지방에서 라이브 하는 것 말이야?"

"아니요…… 오빠. 대학 축제의 초대가수로 나가거나, 지방 축제 때 초대받는 것을 말해요."

"아…… 그런 거구나. 그렇지만 그런 축제에 나갈 시간에 음악의 완성도를 높이는 게 좋지 않아?"

"휴…… 한국은 그런 거 안 통하는 나라라니까요, 오빠……."

외국에서 공부하고 활동한 건은 한국의 시스템을 이해하지 못했다.

왜 뮤지션이 예능을 해야 하는지, 왜 그것이 옵션이 아닌 생계를 위한 것이 되어야 하는지에 대한 서로의 생각은 좁혀지지 않았기에 한참 건과 두 소녀의 대화가 겉돌면서 이어졌다.

윤정의 차분한 설명을 들은 건이 턱을 괴고 말했다.

"그럼, 네 말은 한국에서 가수로 살려면 예능을 해야 한다는 거네? 실력이 있어도 그래?"

윤정이 잠시 고민하는 듯하다가 말했다.

"실력 있는 사람 중에는 안 하는 사람도 있긴 한데, 대부분 해요. 인지도가 높아져야 행사도 많이 들어오거든요."

"그럼…… 행사를 하기 위해 예능을 하는 거고, 주 수입원은 행사라는 거야?"

"그렇죠……."

"그렇구나, 지방에 차 타고 다니려면 힘들겠다."

"하루에 두 시간 자기도 힘들어요, 그것도 차에서 잘 때가 많고요."

"헐…… 그럼 밥은?"

"차에서 김밥이나 떡볶이 같은 거 먹어요."

"크…… 힘들겠다. 한국은 가수가 살기 힘든 나라구나."

"처음에만 이래요, 나중에 인지도 좀 쌓이고 수입이 안정적으로 바뀌면 좀 편해지긴 해요."

"어떻게 편해지는데?"

"행사를 골라서 갈 수 있고…… 또 예능에서 불러주는 곳도 많아져요."

"어차피 행사를 위해 예능을 한다는 싸이클은 안 변하네?"

"그렇죠…… 90년대 가수 선배님들 정도 되어야 음원 저작권으로 먹고살지, 저희 같은 애들은 그걸로는 안 돼요. 그리고 아이돌은 수명도 짧아서 인기를 얻은 후에는 연기 트리를 타야 계속 연예계 밥을 먹을 수 있어요."

"연기? 뮤지션이 연기를 한다고?"

"네, 아이돌 출신으로 오랫동안 사랑받는 분들은 대부분 연기로 갈아타신 분들이에요, 아닌 분들도 있긴 한데, 아주 소수이고, 보통 인기가 없어지면 모은 돈으로 사업을 하거나 가게를 하며 살더라고요."

"으음…… 그렇구나. 그럼 선택지가 연기뿐이야?"

"예능도 있고, 뮤지컬 쪽으로 가시는 분도 계세요."

"예능? 전문 예능인으로 사는 거야, 그럼? 음악은 어쩌고?"

"가끔 앨범을 내긴 하지만 벌이가 안 되니 예능에 집중하는 분위기죠."

"으음…… 어찌 보면 환경 때문에 꿈을 접는 것이 되겠구나……."

윤정이 조금 우울한 얼굴을 하자, 두 사람의 대화를 듣고 있던 진연 역시 표정이 우울해졌다. 잠시 그녀들을 보던 건이 얼굴을 밝게 하며 손뼉을 쳤다.

"자자, 너무 우울한 이야기만 했네! 술 더 마시자, 친구가 그러는데 술은 기쁠 때 마시면 기쁨이 두 배가 되고, 슬플 때 마셔도 슬픔이 두 배가 되지만, 좋은 사람들과 마시면 슬픔이 반이 된데, 마시자!"

"호호, 명언이네요. 그래요, 마셔요!"

"건배!"

윤정과 진연은 평소에 멀리서 바라보기도 힘든 대 스타들 속에 섞여 있는 것이 꿈이라도 되는 양 일분일초를 소중하게 보냈다. 밤늦은 시간까지 이어진 술자리가 파하고, 건은 자신이 타고 온 차로 두 소녀를 호텔 앞까지 데려다주었다.

건의 차가 보이지 않을 때까지 손을 흔들어 준 윤정이 거나하게 술에 취해 해롱거리며 진연의 어깨동무를 했다.

"헤헤, 진연아~ 케이 오빠 진짜 멋진 사람이다, 그렇지? 딸국."

"이히히, 응 최고야. 내 인생 최고의 날이었어, 들어가자~!"

기분이 좋아진 두 사람이 호텔 방으로 들어가 침대에 쓰러졌다. 다행히 클럽에 간 언니들이 돌아오지 않아 좋은 기분을 유지하며 잠이 들 수 있었다.

♪♪♩

다음 날, 드디어 팡타지오에서 연락을 받은 이 팀장이 이른 오전 호텔 방 벨을 눌렀다. 아무리 눌러도 반응이 없는 호텔 방을 보며 인상을 쓴 이 팀장이 직원을 불러 마스터키를 요청했다.

방을 예약한 예약자가 그였기에 확인을 마친 직원이 마스터키로 문을 열어주자 방으로 들어간 이 팀장이 인상을 구기며 코를 잡았다.

"윽! 술 냄새! 아씨, 이것들이 얼마나 마시고 뻗은 거야!"

옷도 갈아입지 않고 아무 곳에 백을 던지고 거실에 널브러져 있는 수정, 윤현, 소아를 본 이 팀장이 윤정과 진연이 자고 있는 방문을 열었다.

다행히 이쪽은 잠옷이라도 입고 자고 있는 것을 확인한 그가 문을 세차게 두들기며 말했다.

"자자! 모두 일어나! 팡타지오에서 연락 왔어!"

좀비 같은 몰골로 부스스하게 일어난 수정이 구역질이 나는지 화장실로 달려 들어갔다.

한참 귀에 거슬리는 소리가 난 후 조금 개운한 얼굴로 화장실을 나선 수정이 푸석한 얼굴을 매만지며 말했다.

"팀장님, 뭐라고 하셨어요?"

"나 참, 너희들 어제 뭐 했어?"

"클럽 다녀왔는데요……."

"아씨, 얌전하게 있으라니까 이것들이. 당장 애들 깨워서 준비 안 해? 임 실장님한테 전화 걸어서 너희들 지금 꼴 보여주랴?"

이 팀장의 입에서 임 실장이 언급되자마자 아직 널브러져 있던 윤현과 소아가 벌떡 일어나 부산하게 준비를 하기 시작했다.

수정 역시 임 실장은 무서웠는지 재빨리 세수를 하는 것을 본 이 팀장이 진연과 윤정의 방을 두들기며 말했다.

"윤정이, 진연이, 너희들도 얼른 일어나서 준비해!"

이 팀장이 문을 두드리며 소리를 지를 때 이미 일어나 있던 두 사람이 동시에 답을 하며 침대에서 뛰어 내려와 씻기 시작했다.

다행히 스위트룸에는 세면대가 세 개나 있어 씻는 데 시간이 걸리지 않은 다섯의 여자들이 가장 예쁜 옷을 입고 거실에 모이자, 전화를 하던 이 팀장이 손짓했다.

"미용실 섭외해 놨으니까 나가서 차 타라. 밑에 직원이 기다리고 있을 거야."

호텔 인근에 한국인이 하는 미용실에 간 아이돌들은 무려 세 시간이나 미용실에서 헤어와 메이크업을 받고 푸석한 모습을 지웠다.

아직 입에서 술 냄새가 나는지 구취 제거 스프레이를 사 온 수정이 아이돌들의 입에 뿌려주고 있을 때가 되어서야 이 팀장이 미용실로 왔다.

깔끔하고 예쁜 모습으로 변신한 아이돌들을 본 이 팀장이 만족스러운 표정으로 손목시계를 보았다.

“좋아, 안 늦었네. 가자.”

미용실 앞에 대기하고 있던 일본제 승합차에 몸을 실은 이 팀장이 다소곳이 대기하고 있는 아이돌들을 보며 말했다.

“잘 들어. 일단 팡타지오 방문 허가는 ‘견학’이야. 우리가 목표해야 할 케이 플로어는 공개되지 않고, 스넵 독이나 네미넴의 공간도 공개 불가. 가능한 것은 지하와 1층 로비, 옥상의 휴게실이야. 지하의 공간에는 다른 뮤지션들을 위한 음향 공간이 설계되어 있으니 거기 위주로 보면 된다는 것이 팡타지오의 설명이야.”

이 팀장이 진지한 눈으로 수정을 보았다.

“하지만 우리 목적이 뭔지는 다들 알고 있지? 최대한 견학 시간을 오래 끌어, 닥치는 대로 질문하란 말이야, 이 악기는 뭐고, 왜 이 위치에 있는지, 화장실은 어딘지 변기가 몇 개 인지까지 다 질문해서 최대한 시간을 끌어.”

다시 한번 손목시계를 확인한 그가 말을 이었다.

“만약에 케이를 못 마주치면 또 다른 플랜으로 접근할 거야. 그럼 너희들은 미국에서 또 한참을 기다려야겠지, 나 역시 마찬가지고. 그러니 오늘은 최대한 시간을 끌며 케이와 마주칠 때까지 기다리는 것이 목표야. 그 후에는 수정이가 알아서 할 거니, 다들 수정이 지시에 따르도록 해."

"네, 팀장님~"

반사적으로 입을 모아 답을 하는 아이돌들을 훑어본 이 팀장이 멀리 보이기 시작하는 팡타지오의 붉은 벽돌 건물을 노려보며 눈을 빛냈다.

팡타지오의 건물 앞에 도착하자, 팬들이 가수들을 확인하기 위해 우르르 몰려들었다.

경호원이 다가와 신분을 확인하는 동안 창문에 붙어 안을 확인하는 팬들을 보고 버릇처럼 손을 흔들어 준 수정이 창문을 살짝 열자, 팬들이 열린 창문으로 눈을 들이밀었다.

아이돌 교육 시 알려주는 것 중에는 팬들에게 적절한 팬 서비스를 해주되 팬들이 지나치게 흥분해 위험한 상황이 가지는 않게 하라는 부분이 있다.

수정은 항상 해왔던 대로 창문을 조금만 열어 눈웃음을 보여주었다.

"에이, 뭐야. 동양 여자애들만 있잖아."

"쳇, 스넵이나 네미넴만 걸렸어도 좋았을 텐데, 댄서들인가 봐. 돌아가자."

"하아, 벌써 몇 시간째야. 우리 오늘 진짜 케이 볼 수 있는 거야?"

"기다려 봐, 이것아. 케이가 매일 사무실로 온다니까."

실망한 표정을 짓는 것은 괜찮았지만, 자신들을 알아보지도 못하는 미국 팬들 덕에 얼굴을 붉힌 수정이 창문을 닫고 다른 아이돌을 보자, 그들도 부끄러웠는지 고개를 숙이고 있었다.

신분 확인을 하며 그 모습을 본 이 팀장이 박수를 쳐 시선을 집중시킨 후 말했다.

"자자, 여기 미국이야. 우리 못 알아보는 건 당연한 거니까, 신경 쓰지 말고 들어가자."

경호원이 차단기를 열어주자 주차장으로 향하는 길이 열렸다. 넓은 주차장이었지만 주차 중인 차는 겨우 열 때 남짓한지라 입구에서 최대한 가까운 곳에 주차한 이 팀장이 차에서 내리기 전 다시 한번 주의를 주었다.

"자, 아까 말한 것 다시 한번 상기시켜 줄게, 우리 목표는 케이야. 그렇다고 보자마자 달려들라는 것이 아니고 최대한 친분을 만들어놓도록 해. 한국인이라는 점 외에 너희들과 접점이 없으니, 음악적인 부분을 언급하며 말을 걸면 대화가 되긴 할 거야. 아직 학생이지만 음악을 선보인 시점으로 보면 너희들보다 선배니까, 깍듯이 선배님이라고 부르고. 알았지?"

"네 팀장님~"

입을 모아 한 번에 말하는 아이돌들을 한번 훑어본 후 수정과 뭔가를 논의하는 이 팀장을 보던 소아가 윤현에게 몸을 숙이며 작게 물었다.

"윤현아, 케이가 우리보다 선배였어?"

소아가 이 팀장의 눈치를 보며 말했다.

"'If I could change the world'라는 노래가 정식 음원으로 등록되어 있잖아."

"어, Fury 전에 그 노래가 있다는 건 알고 있는데…… 그건 1년 반쯤 전에 나온 음악 아니었어? 우린 몰라도 수정 언니는 데뷔한 지 4년 넘지 않았니?"

"응, 그렇긴 한데…… 이 바닥은 인기가 곧 나이잖아. 그리고 솔직하게 수정 언니라고 해도 케이 앞에서 어떻게 자기가 선배라고 말할 수 있겠어, 나이 차이가 많아서 자연스레 케이 쪽이 대우를 해주는 것이 아니라면 선배 행세 못 하지, 한국에서 활동하는 사람도 아니잖아."

"음…… 그건 그래도…… 케이가 한국에서 활동하면 족보 엄청 꼬이겠다."

"꼬일 게 뭐 있어. 성격 엄청 좋대, 케이. 아마 그냥 자기보다 나이 많으면 형, 누나 할 것 같더라."

"근데 나이 어리고 성격 더러운 애들 있잖아. 데뷔만 빨리

한 애들 말이야, 그쪽이랑은 충돌 날지도 모르겠다."

"안 날걸? 누가 감히 케이한테 가서 내가 선배니 대우하라는 소리를 하겠어, 미치지 않고서야."

"음…… 그럴까? 하긴 그런 짓 했다가 케이 쪽에서 한 마디라도 나가면 상대는 인생 끝나는 거겠네. 거기다 회사도 팡타지오잖아."

"그렇지, 팡타지오가 보통 회사야? 회사에 정식으로 요청 안 하고 케이에게 접근해서 인터뷰 딴 기자들 고소한 사례가 이미 서른 건이 넘는데. 그 후에는 아무도 케이한테 무단 접근하지 않는다고 하더라고."

"휴우, 그런데 그런 회사를 상대로 이런 짓 해도 되는 걸까? 이거 잘못하면 우리 인생 다 끝장나는 거 아니야?"

"나도 좀 걱정이긴 한데…… 너도 경험 있으니까 알잖아, 실패하면 모른 척 그런 짓 한 적 없다고 하면 되고, 성공하면 게임 끝난 거야, 그쪽도 밝혀지는 순간 끝장이긴 매한가지니까."

소아와 윤현의 작은 대화를 훔쳐 듣고 있던 윤정이 걱정스러운 눈으로 진연을 보았다.

윤정은 소아와 윤현에게 들리지 않을 정도의 작은 목소리로 진연에게 속삭였다.

"진짜 괜찮은 걸까? 케이 오빠 실제로 보고 나니까 더 못하겠어, 난."

진연이 윤정의 손을 꽉 잡으며 말했다.

"나도 그래, 그런데 어제 오빠랑 있어 보니까 이런 거 원할 사람도 아니었잖아. 어차피 실패할 거니까 우리 너무 걱정하지 말자."

"응…… 그렇겠지?"

"응, 사람 딱 보면 각 나오잖아. 케이 오빠가 이런 것에 넘어갈 리가 없어."

어제 술자리에서 보았던 건의 모습을 떠올려 본 윤정이 조금 안심된 얼굴로 기다리자, 수정과의 대화를 마친 이 팀장이 차에서 내리며 말했다.

"아직 대기해. 인솔하기로 한 팡타지오 측 직원이 오면 내리도록 해라."

"네, 팀장님~"

이 팀장이 차에서 내려 담배에 불을 붙이고 건물 입구를 뚫어지게 보았다.

흡연구역이 아니었기에 몇몇 경호원이 눈살을 찌푸렸지만, 손님이란 것을 알고 있기에 제지는 하지 않았다.

담배를 피우던 이 팀장이 건물의 자동문이 열리는 것을 보고 황급히 담배의 불똥을 튕겨 끈 후 차 밑으로 꽁초를 밀어 넣었다.

자동문을 열고 나온 것은 금발 머리를 올려 묶고 검은 바지

정장을 입은 여성이었다.

한 손에 차트를 들고 나타난 여성은 멀리서 이 팀장을 본 후 즉시 하이힐 소리를 내며 다가왔다.

연예 기획사에서 일하기에는 너무 깔끔한 차림의 여성은 마치 증권가에서 일하는 커리어우먼 같은 느낌이었기에, 이 팀장은 그녀의 포스에 기가 눌렸다. 다가온 여인이 친절한 미소를 지으며 말했다.

"안녕하세요, 팡타지오 미국 지부 뮤직 비즈니스 사업실, 클라라 앤더슨입니다. 지난번에 저와 통화하셨었죠?"

상대의 유창한 한국어에 놀랐던 이 팀장이 처음 팡타지오로 전화를 걸었을 때 응대를 한 여자임을 기억해 내고 반색하며 고개를 숙였다.

"아, 네. 반갑습니다. YDN 엔터테인먼트의 이용욱 팀장입니다. 한국어가 능숙하시네요."

"팡타지오에서 일하는 사무직 직원 중 한국어를 못 하는 직원은 없습니다. 서류 심사 때 한국어 능통자가 아니면 면접도 못 보거든요. 경호원을 제외하고는 다 할 줄 안다고 생각하시면 됩니다."

"그렇군요, 놀랍네요."

"회사가 중국 회사이다 보니 중국어도 반드시 가능해야 합니다. 본사와 커뮤니케이션을 해야 하니까요. 그런데, 그냥 이용욱 팀장님이라고만 소개받았는데, 어느 팀 소속이신가요?"

말만 팀장이지, 그냥 아이돌들을 관리하는 팀장이었던 용욱이 재빨리 아무 팀의 이름을 말했다.

"아, 예. 국내 사업 1실 소속입니다."

클라라가 차트에 메모를 했다.

"국내 사업 1실이라면…… 한국 사업을 이야기하시는 것이죠?"

"네, 맞습니다."

"알겠습니다, 뮤지션 분들과 함께 들어가시죠."

"네, 감사합니다. 애들아! 내리자!"

용욱이 뒷문을 열어주자 아름다운 아이돌들이 우르르 내린 후 일렬로 서서 구십 도로 고개를 숙이며 한 번에 인사를 건넸다.

"안녕하세요!"

기계처럼 같은 동작으로 동양식 인사를 건네는 아이돌을 놀란 얼굴로 보던 클라라가 웃으며 말했다.

"모두가 한 팀인가 봐요, 동양의 아이돌 걸그룹들이 이런 식으로 인사한다는 것은 알고 있었지만, 새롭네요."

이 팀장이 계면쩍게 웃으며 아이돌들을 소개했다.

"네, 버릇들이 되놔서요. 이쪽 제 옆에 선 아이가 수정입니다. 한국에서 ATP라는 걸그룹의 리더이고요, 옆에는 소아라는 아이고, 레드러블리즈 소속입니다. 그 옆은 윤현, 리즈시스터즈 소속이고, 그 옆은 진연, B to C 소속입니다, 마지막 아이는 윤정이고, 블랙걸즈 소속입니다."

클라라는 이 팀장의 소개에 따라 아이돌들의 이름과 소속팀의 이름을 메모한 후 웃으며 한 손을 내밀었다.

"네, 반갑습니다. 이쪽으로 오시죠."

자동문 밖에는 자그마한 창문이 있었고, 그 안에는 또 다른 경호실이 있었다.

미리 방문 허가를 받았기에 출입증 여러 개를 한꺼번에 받은 클라라가 한 사람씩 출입증을 나눠주며 말했다.

"모두 목에 걸어주시고요, 출입증을 센서에 대면 자유롭게 출입하실 수 있습니다만, 2층과 4층, 5층은 출입이 안 되니 인지해 두세요."

모든 사람이 출입증을 목에 건 것을 확인한 클라라가 자동문의 센서에 출입증을 대고 들어가며 말했다.

"기록을 위해 한 분씩 입장해 주셔야 합니다. 문이 닫히면 센서에 출입증을 대고 들어와 주세요. 입구에서만 하시면 되니까 귀찮으시더라도 양해 부탁드립니다."

클라라의 말에 따라 한 사람씩 자동문으로 입장했다.

윤정이 맨 마지막으로 들어오자 기다리고 있던 클라라가 양 손을 펼치며 말했다.

"팡타지오에 방문해 주신 여러분, 환영합니다. 일 층은 직원, 뮤지션의 면접과 외부 손님들을 모시는 공간으로 우측에 보이는 유리 벽 너머가 바로 그 공간입니다."

모두가 우측을 보자 넓은 공간이 보였다. 현대식 공간에 어울리지 않게 유리 벽 너머의 공간은 엔티크한 동그란 방이었다.

하얀색과 붉은색의 벽과 아치형 창문이 있었고, 장식된 가구들 역시 엔티크한 가구인 것을 보고 갸웃하는 멤버들을 보며 웃어준 클라라가 설명했다.

"이곳은 케이의 아이디어로 만들어진 공간으로, 뮤지션의 면접 시 그들의 연주나 노래를 좀 더 명확히 듣기 위해 설계된 방입니다. 아일랜드 슬래인 캐슬에 있는 볼룸을 그대로 재현한 방이지요."

이 팀장이 팔짱을 끼고 고개를 끄덕였다.

"아일랜드에서 샤론 교수님, 레온틴 프라이스 교수님과 버스킹을 했던 곳 말이군요."

"네, 맞습니다. 볼룸은 일반인들의 입장이 불가한 곳이라 캐슬 앞에서 진행하긴 했었지만, 그전에 세 분이 이 공간에서 노래를 하셨다고 하더군요. 특히 레온틴 교수님은 가끔 들러 이 방에서 시간을 보내고 가시기도 합니다. 자, 이제 좌측을 보시겠습니다."

사람들이 좌측으로 고개를 돌리자, 식당으로 보이는 거대한 공간이 보였다.

차콜색의 대리석들이 바닥과 벽, 천장까지 장식되어 있고, 모든 테이블과 의자들이 바닥과 일체형으로 붙어 있었으며, 테이블의 수는 약 오십여 개, 의자의 수는 이 백 개가 넘는 거대한 식당이었다.

주방으로 보이는 공간은 세 개로 나뉘어 있었고, 공간 마다 다른 옷을 입은 아주머니들이 음식을 준비하고 있었다. 진연과 윤정이 식당을 보며 부러운 눈빛을 지었다.

"와아, 구내식당인가 봐. 우리 회사도 건물 크고 가수도 많은데 이런 것 좀 지어줬으면 좋겠다."

"응, 맨날 시켜 먹는 거 지겨워."

두 사람의 말을 들은 클라라가 웃으며 말했다.

"이곳은 직원들이 식사를 하는 구내식당입니다. 뮤지션들도 보통 이곳에서 식사하는 경우가 많습니다. 식사는 중식, 한식, 양식으로 제공되는데 미국 직원이 대부분이라 양식은 고정, 한식과 중식은 일식이나 또 다른 국가의 음식으로 변경되는 경우도 많습니다. 오늘은 중식 대신 인도 요리가 나오게 된다고 쓰여 있네요."

구내식당을 둘러본 윤정과 진연이 구경을 마치고 나오려 하다가 이 팀장의 얼굴을 보았다.

더 구경하며 시간을 끌라는 듯 눈치를 주는 이 팀장을 본 두 사람이 머뭇거리다가 식당 한 켠에 있는 화분 쪽으로 이동해 뭔가를 구경하는 척하며 주위를 보자 식당 곳곳으로 흩어져 각자 뭔가를 구경하고 있는 아이돌들이 보였다.

클라라는 그들이 시간을 끌려는 것을 모르는 듯 그저 자랑스러운 표정으로 웃고 있었다.

◈ 3장 ◈
작은 인연(2)

고작 구내식당을 구경하는데 15분이 넘는 시간이 소요되었다.

처음 자랑스러운 표정을 짓던 클라라가 손목시계를 보며 옆에 서 있는 이 팀장에게 말했다.

“이제 지하 연습실을 보러 가시지요.”

이 팀장이 천연덕스럽게 고개를 끄덕이며 큰 소리로 말했다.

“자, 애들아! 지하 연습실로 가자.”

소아가 이 팀장의 눈치를 본 후 살짝 손을 들고 말했다.

“저…… 팀장님. 화장실 좀 다녀오면 안 될까요?”

소아의 옆으로 윤현이 붙으며 동조했다.

“네, 팀장님. 저도 가고 싶어요.”

이 팀장이 미안한 표정을 지으며 클라라에게로 고개를 돌렸다.

"미리 좀 다녀오지……. 저, 미스 앤더슨? 아이들이 화장실을 가고 싶은가 본데, 안내 좀 부탁드려도 될까요?"

"네, 그러시죠. 이쪽입니다."

클라라가 소아와 윤현을 안내해 화장실로 이동하는 것을 본 수정이 재빨리 이 팀장의 옆으로 붙었다.

이쪽을 보지 않고 있다는 것을 확인한 이 팀장이 시선을 클라라에게 둔 채 나직하게 말했다.

"여기다. 이따 점심시간에 구내식당에서 밥 먹어보고 싶다고 졸라. 여기가 가장 케이를 마주치기 좋은 곳이야."

수정이 아무 말 없이 고개를 끄덕인 후 떨어졌다.

화장실에서도 충분히 시간을 끌어준 소아와 윤현이 화장까지 고치고 나오자 다시 한번 손목시계를 본 클라라가 일행을 이끌고 엘리베이터에 타 지하 3층을 눌렀다.

"지하 4층과 5층은 주차장이니 따로 보실 필요가 없을 것 같고, 지하 3층부터 보시면 될 것 같네요."

이 팀장이 층수를 표기한 버튼을 본 후 물었다.

"4층은 아예 Kay Floor라고 쓰여 있군요?"

"네, 팡타지오의 간판 뮤지션이라 한 층을 독립 공간으로 사용하고 계십니다."

"와, 부럽네요. 미스 앤더슨도 케이를 자주 마주치시겠죠? 그것 역시 정말 부럽습니다."

케이라는 이름이 나오자마자 클라라의 표정에 자부심이 떠올랐다.

"호호, 그렇죠. 친구들도 모두 부러워하는 직장이니까요. 거기다 케이는 직원들 모두의 이름도 기억해 주는 친절한 분이거든요."

윤현이 살짝 놀라며 물었다.

"직원들 이름을 다요? 몇 분이나 계신데요?"

"호호, 상주 직원은 약 마흔 명 정도에요. 하지만 경호 인력은 오십이 넘죠. 케이는 아흔 명이 넘는 직원들의 이름을 전부 기억하고 불러주는 분이랍니다."

아흔이 넘는 직원들의 이름을 모두 기억한다는 클라라의 말에 모두가 놀란 표정을 지었다.

소아가 윤현에게 가까이 붙으며 물었다.

"그게 가능해? 난 YDN 로비 안내데스크 직원 이름도 모르는데."

"기억할 필요가 없는 사람이니까 그렇지, 기억력이 좋은 건가? 왜 쓸데없는 곳에 정신력 낭비를 하지?"

작게 말했지만 둘의 대화를 들은 클라라가 말했다.

"쓸데없는 일이 아닙니다. 그렇게 함으로써 케이는 모두에게 사랑받고 있으니까요."

자신들의 속삭임을 클라라에게 들키자 어색한 표정을 짓던 소아가 속으로 생각했다.

'그러니까 직원들에게 사랑받아서 뭐 하냐고! 팬들한테 사랑받는 것도 힘든데.'

아무리 생각해도 건을 이해할 수 없는 소아였다.

클라라의 안내를 받아 지하의 연습실을 둘러보면서 연신 탄성을 지르며 이것저것을 물어보는 아이돌들에게 음악적인 시설에 관한 설명을 해준 클라라가 옥상과 3층 사무 공간까지 안내하며 무려 두 시간이라는 시간이 지났다. 하지만 일행은 건과 마주칠 수 없었다.

나가야 할 시간이 다가오자 조급해진 이 팀장이 클라라가 들으라는 듯 배를 만지며 말했다.

"와, 구경하다 보니 벌써 점심시간이 지나가네, 배고프지 않니 애들아?"

수정, 윤현, 소아가 눈치 빠르게 맞장구치며 나섰다.

"맞아요, 팀장님. 너무 배고파요."

"우리도 팡타지오 같은 구내식당 만들어주시면 안 돼요? 너무 부럽고 맛있을 것 같아요."

"그러게요, 여기서 밥 한번 먹어봤으면 소원이 없겠어요."

기대에 찬 눈으로 자신을 보는 아이돌들의 눈빛을 외면할 수 없었던 클라라가 결국 전화기를 들었다.

"잠시 옥상 휴게공간에서 대기해 주세요. 식사가 가능한지 확인하고 오겠습니다."

옥상은 테라스 형식으로 지어진 공간으로 바닥이 천연잔디로 깔려 있었다. 여러 군데 파라솔과 의자들이 설치되어 있어 직원들의 편안한 휴식이 가능한 곳이었다.

한쪽에는 에스프레소 머신도 구비되어 있었다. 아무 곳에나 자리를 잡은 이 팀장이 팔짱을 끼고 주위 눈치를 보며 수정에게 말했다.

"식당이 마지막이야, 더 이상은 시간 못 끄니까 안 되면 다음 플랜을 생각해 보자고."

수정이 미간을 찌푸리며 속삭였다.

"다음 플랜이 있긴 있어요? 경호가 너무 철통같잖아요, CCTV가 몇 개인지 보셨죠?"

이 팀장이 곳곳에 설치된 CCTV를 둘러보며 고개를 끄덕였다.

"그래, 한 층당 CCTV 열 대가 설치되어 있더라. 하지만 케이 플로어까지 그럴 리 없어. 뮤지션이 음악 작업을 하는데 누군가 감시한다고 생각해 봐. 그런 걸 허용했을 리 없으니 우리는 케이 플로어 진입을 일 순위로 해야지."

"오늘 안 되면 다음에는 어떻게 접근하시려고요?"

"학교 쪽을 노려볼 생각이야. 매일 오전에 학교로 간다니까 길목을 지키고 있어 봐야지."

"휴, 또 긴 기다림이 시작되겠군요."

"어쩔 수 없잖아. 이번 일만 성공하면 너희들은 세계 무대로 나가는 거야, 싫어?"

"아뇨, 싫을 리가요."

"그럼 잘해. 저기 온다, 떨어져!"

수정이 후다닥 이 팀장에게서 떨어지자 옥상으로 온 클라라가 밝게 웃으며 말했다.

"허가가 떨어졌습니다. 식사하러 가시지요."

아이돌들이 일부러 기쁜 표정을 지으며 호들갑을 떨자 클라라가 웃으며 그들을 안내했다.

식당에서 각자 기호에 맞는 식단을 선택해 모두 자리에 앉아 식사를 시작했지만, 누구도 음식 맛에 신경을 쓰지 않았다.

말은 음식 맛이 좋다며 클라라를 치켜세워 주었지만 식당을 들락거리는 사람들에게서 눈을 떼지 않는 아이돌들이었다.

밥을 먹으면서도 시선은 구내식당 입구에 둔 소아가 숟가락을 떨어뜨렸다.

쨍그랑!

소아가 멍하게 입구 쪽을 보고 있는 것을 보고는 그녀의 시선을 따라 입구로 일행의 눈이 향했다.

후드를 뒤집어쓰고 실내에서도 선글라스를 쓴 거구의 흑인이 몸을 건들거리며 지나가는 직원들과 하이파이브를 하며 식당으로 들어오는 것을 본 윤현이 들고 있던 숟가락을 내려놓으며 중얼거렸다.

"스넵 독이다…… 내가 진짜 저 사람을 보다니."

다른 일행들의 반응도 다르지 않은 것을 본 클라라가 웃으며 말했다.

"스넵 독은 얼마 전에 우리 회사로 이적하셨어요. 아, 원래 소속 회사가 없는 분이니 이적이란 말은 어울리지 않겠네요. 네미넴과 몬타나도 우리 회사 소속이랍니다."

얼마 전부터 한식에 중독된 스넵이 제육볶음을 산처럼 쌓아 들고 지나가며 클라라에게 인사를 건넸다.

"어이, 클라라. 오늘도 예쁜데?"

말을 걸어오는 스넵을 향해 웃어준 클라라가 말했다.

"호호, 스넵도 멋져요. 네미넴은 어디 가고 혼자 식사하세요?"

한 손에 식판을 들고 다른 한 손으로 위를 가리킨 스넵이 말했다.

"2층에서 작업 중이야. 그놈은 작업 중에는 뭐 안 먹어. 지난번에는 이틀 동안 밥을 안 먹더라니까? 미친놈이지."

"호호, 그랬군요. 매일 같이 다니시더니 오늘은 외롭겠어요."

"그래서 내가 케이한테 밥 먹자고 올라갔었지."

케이의 이름이 나오자 영어라 못 알아듣는 일행들이 모두 스넵에게 시선을 집중했다.

이 팀장의 경우 영어가 유창했기에 그들의 대화를 처음부터 끝까지 유심히 듣고 있다가 케이의 이름이 나오자 눈에 힘을 주고 스넵을 보았다.

그들의 변화를 눈치채지 못한 스넵이 어깨를 으쓱하며 말했다.

"그런데 그놈이 루시랑 자고 있더라고, 어찌나 사랑스럽게 끌어안고 자는지 깨우질 못하고 그냥 왔어."

"호호, 그랬군요."

"그래, 클라라 맛있게 먹고, 같이 온 친구들은 누군지 모르지만, 잘들 먹고 가요."

손을 흔들며 자리를 잡는 스넵을 보던 클라라가 웃으며 일행들을 보았다.

다들 놀란 얼굴로 자신을 보고 있는 것을 본 클라라가 고개를 갸웃하며 물었다.

"왜들 그러세요?"

침을 꼴깍 삼킨 이 팀장이 조심스럽게 물었다.

"저…… 케이가 애인이 있나요?"

"예? 애인…… 은 없는 것으로 아는데, 왜요?"

이 팀장이 멀리 떨어져 앉아 제육볶음을 미친 듯이 먹으며 주방 아주머니에게 엄지손가락을 들어주고 있는 스넵을 보며 물었다.

"방금…… 루시라는 분을 껴안고 자고 있다고……."

클라라가 잠시 멍한 표정을 지었다가 웃음을 터뜨렸다.

"호호호호호! 루시는 고양이에요, 팀장님."

자신이 고양이를 상대로 이상한 착각을 했다는 것에 부끄러움을 느낄 만도 했지만 케이의 옆에 애인이 있을 경우 이 작전은 처음부터 다시 해야 했기에 일단 안도의 한숨을 내쉰 이 팀장이었다.

다시 스넵에게로 고개를 돌린 이 팀장이 의아한 표정을 지었다. 한쪽에서 식사하던 스넵이 선글라스를 코 밑으로 살짝 내리고 자신들을 뚫어지게 보고 있었기 때문이다.

자세히 보니 자신이 아닌 아이돌들을 보고 있음을 알아챈 이 팀장이 경계의 눈빛으로 스넵을 보고 있자, 휴지로 입을 대충 닦고 일어선 스넵이 다가와 말했다.

"헤이, 거기! 진연, 윤정 아니야?"

이름을 정확히 발음하는 바람에 모든 아이돌의 시선이 두 사람에게 집중되었다.

진연이 어색하게 웃으며 한 손을 들었다.

"하하…… 헤, 헬로우 스넵."

윤정 역시 로봇 같은 움직임으로 한 손을 들고 흔들었다.

"헤, 헬로우……."

두 사람을 알아본 스넵이 하이파이브를 하려는 듯 손을 내밀며 말했다.

"요오, 어제는 잘 들어갔어? 나 보고도 왜 인사 안 했어?"

뭐라고 하는지 몰랐지만, 하이파이브를 해준 진연이 더듬거리며 말했다.

"하하…… 때, 땡큐 스넵."

듣고 있던 클라라가 스넵을 돌아보았다.

"아는 사이예요?"

스넵이 피식 웃으며 두 사람을 가리켰다.

"어제 같이 술 마셨어, 케이랑 네미넴이랑 시즈카까지 있던 자리였지."

클라라가 놀랍다는 표정으로 진연과 윤정을 보았다.

"같이 술 마실 정도로 친한 사이셨어요? 왜 말씀 안 하셨어요?"

시선이 집중되자 윤정과 진연이 어색한 표정을 지었다.

"그, 그게 아니고 진짜 우연히 비비킹 클럽에 놀러 갔다가 함께 자리한 건데요……."

이 팀장이 인상을 쓰며 말했다.

"우연? 케이, 스넵, 네미넴, 시즈카와의 술자리가 우연히 가능한 거였어? 그리고 너희, 왜 나한테 말 안 했어?"

진연이 당황하며 우물쭈물했다.

"그, 그게…… 벼, 별로 대단한 인연도 아니라서 마, 말씀드릴 만한 것이 아닌 줄 알았어요……."

인상을 쓴 이 팀장이 뭐라고 한마디 더 하려다 자신을 막는 수정의 팔을 보고 말을 멈췄다.

진지한 표정의 수정이 한쪽 눈을 깜빡이는 것을 본 이 팀장이 순식간에 머리를 굴려본 후 물러나자, 한국어라 무슨 말인지 모르고 멀뚱히 서 있던 스넵이 다시 클라라에게 말했다.

"저 두 친구는 나중에 다시 오라고 해요, 나랑 네미넴 작업실도 구경시켜 준다고."

"네, 스넵. 그렇게 전할게요."

스넵이 다시 한번 손을 흔들어 준 후 자리로 돌아가고, 클라라가 통역을 해주자 수정과 이 팀장의 눈빛이 빛났다.

구내식당에서 최대한 시간을 끌어봤지만 버틸 수 있는 한계는 존재했다. 결국 머뭇거리면서 밖으로 나온 일행은 호텔에 도착하자마자 회의를 시작했다.

아이돌들을 소파에 앉힌 이 팀장이 나란히 구석에 앉아 있는 윤정과 진연을 보며 말했다.

"두 사람, 어찌 된 일인지 자세히 말해봐."

두 사람은 머뭇거리다가 이 팀장의 호통을 받고 나서야 조심스럽게 어제의 상황에 대해 이야기하기 시작했고, 둘의 이야기를 들으며 시시각각 표정이 바뀌는 이 팀장이었다.

나머지 아이돌들은 둘이 겪은 우연들을 신기한 표정으로 듣고 있다가 술자리 이야기에서는 부러움을 감추지 못하는 표정이었다.

윤정과 진연이 이야기를 끝내자 팔짱을 끼고 듣고 있던 수정이 입을 열었다.

"지금으로써는 이 두 사람이 맡는 것이 가장 확률이 높겠네요. 그렇지요, 팀장님?"

이 팀장이 고개를 끄덕이며 긴장한 기색의 두 사람을 보았다.

"음…… 그건 그런데, 애들만으로는 못 미덥단 말이야……."

"제가 같이 가면 되지요, 아이들 보호자 역할이라면 의심받지 않을 거예요."

"좋아, 수정이가 한번 해봐. 오늘은 일단 쉬고 내일 다시 가자고."

아이돌들이 흩어지자 윤정과 진연 역시 방으로 돌아가려 했다.

방으로 들어온 두 사람이 문을 닫으려 하자, 문에 발을 걸고 문이 닫히지 않게 한 수정이 고개를 내밀었다. 긴장한 표정의 두 사람을 훑어본 수정이 고개만 내밀고 싸늘하게 두 사람을 노려보았다.

"너희 둘, 어제 있었던 일 이야기하지 않은 것만으로 충분히 징계받을 수 있다는 것 알지?"

윤정이 고개를 숙이고 진연이 조심스럽게 말했다.

"네…… 언니. 죄송합니다."

"잘하자, 응? 이번 일이 잘되면 우리 YDN 소속 가수들은 전부 날아오를 수 있다고. 두고두고 등골 빼먹을 기회니 진짜 잘해야 해. 너희 둘은 그냥 케이에게 접근하는 것까지만 도와줘, 그 후에는 내가 할 테니까."

"네, 언니……."

"험한 일은 내가 한다고, 너희들은 그저 고고한 척 계속 그렇게 살아. 대신 방해만 하지 말라 이거야, 알아들었어?"

"네……."

"내일 오전에 출발하니까 그리 알고, 쉬어."

"네, 언니……."

수정이 문을 닫고 나가자 침대에 털썩 주저앉은 진연이 한숨을 쉬었다.

"우리 진짜 이래도 되는 거야? 나중에 케이 오빠 얼굴을 어떻게 봐……."

윤정 역시 죄책감이 느껴지는지 얼굴을 매만지며 고개를 숙였다.

"안 하고 싶어, 어제 케이 오빠 천진난만한 얼굴로 웃는 것 봤지? 그 오빠가 함정에 빠져서 날 원망스러운 눈빛으로 본다고 생각하니 상상만 해도 하늘이 무너지는 것 같단 말이야."

윤정이 어깨를 들썩이며 울기 시작하자 진연 역시 눈시울이 붉어졌지만, 혹시나 밖에 있는 언니들이 들을까 싶어 윤정을 다독이는 진연이었다.

"울지마, 밖에 언니들 들으면 난리나, 자꾸 울면 나도 울고 싶단 말이야…… 흐어어엉……."

결국 이불에 기어들어 가 엎드린 채 숨죽이고 울던 두 사람은 다음 날 얼굴이 퉁퉁 부어 이 팀장의 호통을 받았다.

아침 일찍 미용실에 가 마사지와 메이크업으로 최대한 얼굴을 회복시킨 두 사람이 미용실 앞에 대기하고 있던 수정과 이 팀장을 만나 팡타지오로 향했다.

어제와 같은 차량을 타고 왔고, 미리 약속도 잡고 왔기에 경호원들이 빠르게 차량을 통과시켰고, 경호실로 가 출입증을 받은 네 사람이 식당 앞에서 대기하고 있자, 엘리베이터에서 클라라가 내렸다.

"안녕하세요? 이틀 연속으로 뵙네요."

이 팀장이 나서며 인사를 건넸다.

"그렇네요, 미스 앤더슨. 오늘 초대받은 것은 윤정과 진연입니다만, 아이들이 어려서 보호자가 필요할 것 같군요, 어제 방문했을 때 보셨던 수정입니다."

클라라가 수정에게 눈인사를 보내며 말했다.

"네, 어제 뵈었던 분이군요, 그럼 2층으로 올라가시죠."

세 사람이 엘리베이터를 타고 2층으로 올라갔다.

보통 2층은 걸어 다니지만, 팡타지오의 비상구는 화재 발생이나 비상시에 경호실에서 차단기를 내려야만 오픈되는 구조였기에 엘리베이터 말고는 진입할 방법이 없었기 때문에 뮤지션들도 엘리베이터를 이용해 다닌다는 설명을 해준 클라라가 금방 도착한 엘리베이터에서 먼저 내리며 말했다.

"자 좌측이 스넵의 공간이고, 반대편은 네미넴의 공간입니다. 좌측으로 가시죠."

밝은 갈색 나무 벽으로 장식된 복도의 좌측은 스넵의 사진들이 장식되어 있었고, 반대편 복도는 네미넴의 사진들로 장식이 되어 있었다.

복도 끝의 자동문이 열리고, 마치 우주에 있는 도킹 스테이션 같은 느낌으로 인테리어된 공간이 나왔다.

의자부터 테이블, 벽까지 모두 미래지향적 인테리어로 가득한 곳 중심에 둥근 의자가 있었고, 우주 비행사의 조종간같이 생긴 의자가 빙글 돌며, 앉아 있던 스넵의 모습이 보였다. 미리 윤정과 진연의 방문을 알고 있던 그가 웃으며 한쪽을 가리켰다.

"왔어? 저쪽에 앉아."

아쿠아 블루 계열의 소파는 등받이가 없었고, 가운데 솟아 오른 테이블은 메탈 계열로 바닥에 일체형으로 붙어 있었으며, 소파 주위는 붉은 모래가 채워져 있었기에 마치 화성에서 이야기를 나누는 듯한 느낌이 드는 응접실이었다.

보통 스넵을 찾아오는 이가 있을 때 클라라가 동석하는 일은 없었지만, 윤정과 진연은 영어를 할 수 없었기에 통역으로 클라라까지 모두 자리에 앉자 스넵이 마지막으로 자리하며 수정과 이 팀장을 가리켰다.

"이 친구들은 초대한 적 없는데, 누구야?"

클라라가 말을 하기 전 이 팀장이 먼저 영어로 말하며 명함을 건넸다.

"안녕하십니까, YDN 엔터테인먼트의 이용욱입니다. 오늘은 윤정과 진연의 보호자로 왔습니다."

이 팀장이 내민 명함을 받지 않고 빤히 본 스넵이 물었다.

"당신한테 물어본 것 아니야."

계면쩍어진 이 팀장이 머뭇거리며 명함을 집어넣자, 스넵이 클라라를 보았다.

그의 성격을 잘 알고 있던 클라라가 상황을 설명하자 스넵이 인상을 구기며 말했다.

"동양인이라 어려 보이긴 하는데, 스무 살 넘었다며? 그런데 보호자가 필요한가? 케이는 열아홉, 아니지. 미국 나이로 열일곱 살에 혼자 미국에 와서 줄리어드에 들어갔다던데, 애들은 스무 살이 되어서도 보호자가 끌고 다녀야 해?"

이 팀장이 인상을 굳히자, 클라라가 부드럽게 웃으며 말했다.

"여성이라 보호가 필요한 것 같아요, 이해하세요."

"참나, 이해하기 어렵군. 어쨌든 잘 왔어."

앞의 내용은 빼고 잘 왔다는 말만 통역하자 윤정과 진연이 감사의 인사를 건넸다.

차를 가져온 직원이 각자의 앞에 차를 놓자 윤정과 진연만 데리고 이것저것 시설을 설명해 주는 스넵이었다.

순식간에 꿔다 놓은 보릿자루가 된 이 팀장과 수정이 어색한 포즈로 소파에 앉아 있었고, 한참 신나서 설명하던 스넵은 그들을 신경도 쓰지 않았다.

곤란한 웃음을 지은 클라라가 통역을 해주면서도 두 사람을 살폈지만, 그녀 역시 괄괄한 스넵의 성격을 알고 있었기에 특별히 두 사람을 신경 써달라는 부탁을 하지는 않았다.

윤정과 진연은 스넵의 녹음실에 들어가 노래를 해보는 영광까지 누리며 이곳에 온 목적도 잊어버리고 신이 나 있었다.

스넵이 헤드폰을 씌워주고 MR을 틀어주자 그가 사용하는 마이크에 대고 노래를 하는 윤정이 무척 신이나 브이를 그리고 밖에 있던 진연이 연신 핸드폰 카메라로 사진을 찍었다.

본래 뮤지션의 방문 시 핸드폰을 소지하지 못하게 하지만 스넵이 직접 초대한 사람들이라 핸드폰 사용에 제지하지 않은 클라라가 스넵에게 다가가 물었다.

"카메라 사용 허가하셔도 괜찮겠어요?"

스넵이 손을 휘휘 저으며 말했다.

"괜찮아, 애들인데 뭐 어때. SNS에 올려도 돼. 나도 이런 멋진 곳을 자랑하고 싶기도 하고 말이야."

은연중에 팡타지오의 대우가 좋다는 점을 어필한 스넵 덕에 만족스러운 웃음을 짓는 클라라였다.

한참 세 사람이 신나게 시간을 보내는 것을 보던 수정이 불편한 표정을 지으며 주위를 둘러보는 중 자동문이 열리는 것을 보고 고개를 돌렸다가 그대로 인상이 굳어졌다.

후드티를 뒤집어쓴 네미넴이 들어와 자신들을 멀뚱히 바라보는 것을 보고 자리에서 벌떡 일어난 이 팀장이 인사를 건네기 위해 다가오려 하자 네미넴이 손을 들어 제지했다.

"스톱, 거기까지. 인사는 됐으니 거기 있으라고, 친구."

네미넴에게 가까이 가보지도 못한 이 팀장이 엉거주춤 서 있자 멀리서 그를 본 스넵이 다가오며 말했다.

"뭐야, 작업한다고 며칠 나오지도 않더니. 끝났어?"

"그래, 좀 전에 끝냈지. 그런데 이 동양 친구들은 다 뭐야?"

네미넴이 고개를 빼고 스넵의 뒤에 있는 윤정과 진연을 보더니 뭔가 떠올리려는 듯 인상을 썼다가 안색을 밝게 했다.

"어? 너희는 그때 비비킹에서 봤던 아시안 걸들이잖아?"

자신을 알아보는 네미넴에게 어색하게 손을 든 윤정과 진연이 짧은 영어로 인사를 건넸다.

"아…… 아하하, 하, 하이. 네미넴."

"헤, 헬로우."

네미넴이 주먹을 내밀며 반겼다.

"어, 그래. 또 보네. 반가워."

조심스럽게 주먹을 들어 맞부딪힌 윤정과 진연이 유명 뮤지션이 자신들을 알아봐 주자 기분이 좋은지 실실거리는 것을 본 스넵이 실소를 지으며 물었다.

"그런데 왜?"

네미넴이 엄지손가락으로 위를 가리키며 말했다.

"케이가 밥 먹자고 오래."

스넵이 선글라스를 벗으며 인상을 썼다.

"뭐냐, 너 이 자식. 내가 밥 먹자고 하면 작업 중이라고 꺼지라고 하더니, 케이가 밥 먹자고 하면 가냐?"

"크륵, 너랑 케이랑 같아? 빨리 가자, 시즈카가 도시락 싸 왔대."

"헉! 뭐? 시즈카 도시락! 좋지, 빨리 가자!"

"잠깐만, 애들은 어쩌고?"

스넵이 선글라스를 벗은 채 자신들을 보자 윤정과 진연이 영문도 모르고 눈치를 봤다.

스넵이 잠시 두 사람을 바라보다 클라라에게 말했다.

"윤정과 진연에게 케이랑 같이 밥 먹을 거냐고 물어봐 줘. 그런데 저 두 사람은 안 돼."

스넵이 딱 잘라 이 팀장과 수정은 안 된다고 말하자, 입맛을 다신 이 팀장이 클라라의 통역 전에 손을 들며 말했다.

"저…… 저는 괜찮습니다만, 여기 수정이라도 가면 안 될까요? 아이들이 아직 어려서 걱정이 되어 그렇습니다."

스넵이 수정을 보았다.

동양인 같지 않은 긴 기럭지에 청초해 보이는 인상이 위험한 사람과는 거리가 먼 것을 확인한 스넵이 다시 선글라스를 쓰며 말했다.

"좋아, 수정까지는 허락하지, 가자고."

클라라에게 상황 설명을 들은 윤정과 진연이 긴장한 표정을 숨기지 못했고, 수정이 이 팀장과 눈빛을 주고받은 후 자리에서 일어나 다가오자 클라라를 남겨둔 일행이 케이 플로어로 향했다.

건이 있으면 두 사람과의 커뮤니케이션에 지장이 없었기에 클라라는 이 팀장과 남은 것이었다.

잠시 후 도착한 케이 플로어를 구경할 정신도 없는지 긴장한 표정을 숨기지 못한 두 사람이 열린 자동문 안쪽 넓은 소파에서 도시락을 꺼내 세팅하고 있는 시즈카를 보았다.

그녀는 정신없이 도시락을 꺼내놓고 있다가 윤정과 진연을 보고는 반색하며 건을 불렀다.

"어머? 윤정, 진연이네. 케이! 윤정과 진연이 왔어요."

뭔가 작업 중이었던지 녹음실 안에 있던 건이 고개를 들었다.

"응? 윤정, 진연? 그게…… 아, 그 아이들?"

긴장되고 초조한 눈빛의 윤정과 진연의 눈동자에 너무나 아름다운 남자가 싱그러운 웃음을 머금고 손을 흔드는 것이 보였다.

"어서 와! 하하, 여긴 어떻게 온 거야?"

건이 반가워하며 다가와 윤정과 진연의 손을 덥석 잡았다.

정말 반가웠는지 만면에 웃음을 가득 띤 건이 두 사람의 손을 잡고 소파 쪽으로 잡아끌다가 수정을 보고는 발걸음을 멈췄다.

"누구세요?"

수정은 자신의 목적을 이루어야 했기에 최대한 아름답고 섹시한 미소를 지으며 요염한 몸짓으로 인사했다.

"안녕하세요, 케이. 저는 한국 걸그룹 ATP의 리더 수정이라고 합니다."

한국에서 나름 인기 있는 걸그룹이었지만 ATP가 뭔지 모르는 것이 당연하다고 생각한 수정이 단지 음악을 하는 사람이라는 것을 어필하기 위해 그룹명을 말하자, 건에게서 예상과 다른 답이 돌아왔다.

"아~ '돌아오지마'라는 곡 부른 ATP요?"

수정이 화들짝 놀라며 눈을 동그랗게 떴다.

설마 건 정도의 뮤지션이 한국의 걸그룹 이름도 모자라 곡명까지 알고 있다는 것에 놀란 것이다.

"아…… 네, 맞아요. 아세요?"

"하하, 그 곡 들어봤어요. 환영합니다, 이리 오세요."

일곱 명이나 되는 일행이 둘러앉았지만 거대한 소파는 자리가 많이 남았다.

시즈카가 싸 온 도시락을 먹으며 스넵에게 상황에 대한 설명을 들은 건이 밝게 웃으며 윤정과 진연의 밥 위에 새우튀김을 올려주었다.

"우리도 참, 지난번에도 말했지만, 작은 인연인 줄 알았는데 생각보다 큰 인연이었구나. 그렇지?"

건의 아름다운 웃음을 본 윤정과 진연이 목적도 잊고 홀린 표정으로 몸을 배배 꼬았다.

"헤헤, 네 오빠."

"오빠 여기 너무 멋있어요, 부럽네요."

수정에게도 반찬 하나를 집어준 건이 주위를 둘러보며 말했다.

"구경할래?"

"네!"

"네, 오빠!"

"그래, 다들 먹고 있어요, 난 애들 구경시켜 줄게요."

젓가락을 놓은 건이 자리에서 일어나자 윤정과 진연이 쪼르르 따라갔다.

수정 역시 젓가락을 내려놓고 따라붙자 시즈카가 불만스러운 표정으로 돼지같이 입안 가득 반찬을 넣고 있는 스넵을 째려보았다.

'치…… 케이 먹으라고 싸 온 건데…….'

시즈카의 마음을 알지 못하는 건은 아이돌들을 데리고 녹음실과 컨트롤러, 주방 등을 보여주었다.

이것저것 설명을 하던 건이 컨트롤박스에 서서 장식장을 가득 메운 CD 들을 가리키며 말했다.

"여기가 내가 작업하는 곳이고, 참고하는 음악들도 보관하는 곳이야."

윤정이 멍한 표정으로 장식장을 보고 있다가 손을 뻗어

CD 한 장을 꺼냈다.

어찌나 놀랐는지 손까지 바들바들 떨던 윤정이 떨리는 목소리로 말했다.

"이건…… 우리 CD잖아요……?"

윤정의 손에 잡힌 CD를 받아 든 건이 반색하며 말했다.

"블랙걸즈? 윤정이 네가 블랙걸즈 소속이었어? 와아, 그랬구나. 타이틀곡이 '마지막 노래처럼'이었지? 좋은 곡이었어."

자신의 노래까지 알고 있는 건을 입을 벌리고 보고 있던 윤정의 옆에 선 진연이 화들짝 놀라며 CD 하나를 꺼내 소리쳤다.

"내 거도 있다!"

이번에도 진연의 CD를 받아 든 건이 밝게 웃었다.

"B to C가 진연의 그룹이었구나? '웃는 남자'라는 곡은 좋았어."

"꺄아악! 오빠, 진짜 우리 노래 들어봤어요?"

"그럼, 들어봤지. 이 노래 아냐?"

윤정, 진연, 수정 앞에서 잠시 숨을 고른 건의 입이 열렸다.

너의 웃는 얼굴이 싫었어.

담담하게 이별을 말하는 네 얼굴이 싫었어.

날 버린다는 말을 웃으며 하지 말아줘.

그리 담담한 얼굴로 웃지 말아줘.

여성 기준의 음에 그것도 클라이맥스 부분을 음 변경 없이 원키로 부르면서도 편안해 보이는 건의 목소리를 들은 세 여자가 동시에 얼음이 되었다.

너무나 아름다운 건의 목소리에 매료된 윤정과 진연이 손을 가슴으로 모으고 몽롱한 표정으로 변하는 것을 본 건이 두 사람의 머리에 손을 올려 가볍게 만져주며 말했다.

“자, 그럼 녹음실로 가볼까?”

세 사람이 먼저 녹음실로 이동하고 혼자 남은 수정이 조용히 서재에 꽂힌 CD를 보았다.

그녀의 눈에 자신이 소속된 ATP가 현재까지 발매한 두 개의 앨범 모두가 꽂혀 있는 것이 비쳤다.

잠시 감동한 눈빛을 하던 수정이 고개를 세차게 흔들어 정신을 차린 후 녹음실로 들어간 세 사람을 따라 들어갔다.

녹음실 안에는 매번 방송에서만 보던 건의 기타들이 놓여 있었고, 기타를 만져보지도 못하고 꺅꺅거리며 소리를 지르는 윤정과 진연이 보였다.

“꺄악, 오빠 이게 그 유명한 하쿠예요? 화이트 팔콘!”

“응, 맞아. 이 녀석이 하쿠야.”

“꺄아, 너무 예쁜 기타네요. 이거 비싸요?”

“음…… 별로 비싸지는 않은데 학생들이 가지기에는 비싼 편이지."

녹음실 곳곳을 보던 진연이 다시 한번 소리를 질렀다.

"아아악! 윤정아 이거 봐! 더 레이크의 리미티드 모델이 전부 다 있어!"

"어디 어디!"

녹음실 벽에 붙어 있는 장식장에 아더의 회사에서 생산된 더 레이크의 모든 모델이 전시된 것을 본 윤정과 진연이 부러운 눈을 했다.

이것은 수정까지도 부러움을 감추지 못했는데, 그만큼 더 레이크의 한정판 모델은 구하기가 하늘의 별 따기였기 때문이다.

자랑스러운 표정을 짓던 건이 녹음실 밖으로 보이는 시즈카의 안타까운 표정을 보고는 일어나며 말했다.

"더 지체하면 스넵이 도시락을 다 먹어버릴지도 몰라. 스넵은 시즈카의 도시락에 환장하거든. 이제 가서 먹자."

네 사람이 돌아오자 안도의 한숨을 짓는 시즈카였다.

이미 윤정과 진연과는 안면이 있는 스넵, 네미넴, 시즈카가 말을 걸어오고 그때마다 건이 친절하게 통역을 해주자 곧 사람들과 즐겁게 이야기를 나누는 윤정과 진연은 이곳에 온 목적을 잊고 즐거운 시간을 보냈다.

식사가 끝나고 식후 차까지 얻어 마신 스넵과 네미넴이 자리에서 일어났다.

"난 작업해야 해서 그만 갈게, 윤정, 진연 반가웠어. 시즈카, 도시락 잘 먹었다."

시즈카 역시 도시락을 정리하며 자리에서 일어났다.

"저도 녹음해야 할 것이 있어서 가봐야 해요. 같이 가요."

모두가 자리를 뜨려 하자 자신들만 남아 있는 것도 웃겼기에 수정, 진연, 윤정도 자리에서 일어났다. 스넵, 네미넴, 시즈카가 먼저 엘리베이터를 타고 내려갔고, 윤정, 진연, 수정이 엘리베이터 앞에서 차례를 기다렸다.

건이 배웅을 나와 있는 것을 본 수정이 윤정과 진연에게 눈짓한 후 천연덕스럽게 백을 뒤지며 말했다.

"어머나, 이게 어디 갔지?"

백을 뒤지는 수정을 본 건이 물었다.

"왜요, 뭐 잃어버리셨어요?"

수정이 계속 백을 뒤지며 말했다.

"엄마가 준 목걸이를 백에 넣어놨었는데, 어디 떨어뜨렸나 봐요."

"어머님 목걸이요? 소중한 것일 텐데…… 어떡해요, 안에 들어가서 찾아보실래요?"

"네, 죄송해요. 윤정아, 진연아. 잠깐 여기서 기다려."

수정이 건과 함께 다시 방으로 돌아가는 것을 본 윤정이 그제야 자신들의 목적을 기억해 내고 불안한 눈빛을 보냈다.

진연이 윤정의 손을 꼭 잡아주며 고개를 저었다.

"아무 일 없을 거야."

수정과 건이 방으로 들어간 지 약 오 분 여가 지났다. 윤정과 진연의 긴장감이 극에 달했을 때 엘리베이터가 케이 플로어에 서며 클라라가 내려 두 사람을 보았다.

"어? 왜 여기 계세요, 수정 씨는요?"

"아…… 어, 언니는 잠깐 뭘 잃어버려서 안에……."

쨍그랑! 꺄아아아악!

갑자기 들려오는 비명 소리와 굉음에 놀란 클라라가 차트를 집어 던지다시피 하며 복도를 뛰었다.

건은 팡타지오의 간판으로 어떤 위험에서도 보호되어야 할 대상이었기에 그녀의 표정은 마치 귀신이라도 본 듯 일그러져 있었다. 오늘따라 늦게 반응하는 자동문을 발로 차고 문이 반도 열리기 전에 몸을 밀어 넣은 클라라가 방 안의 전경을 보고 인상을 굳혔다.

놀란 얼굴로 소파 앞에 서 있는 건과, 소파에 반쯤 누워 상의가 찢어져 속옷을 보이고 있는 수정이 울고 있는 모습, 창틀에 있던 화분이 깨어져 바닥에 흙이 쏟아진 모습을 본 클라라가 한참 입을 열지 못하고 상황을 파악했다.

찢어져 흘러내리는 옷을 끌어 올리며 가슴을 가린 수정이 크게 울음을 터뜨리자, 윤정과 진연 역시 방 안으로 들어와 입을 떡 벌렸다.

잠시 상황을 파악한 클라라가 건에게 물었다.

"케이…… 이게 어찌 된 일이죠?"

건이 알 수 없다는 표정으로 말했다.

"저는…… 그저 목걸이를 찾고 있었는데 갑자기 수정 씨가……."

수정이 고개를 번쩍 들며 표독스러운 표정을 지었다. 우는 바람에 마스카라까지 번져 있어 더욱 괴기스러운 얼굴로 그녀가 소리쳤다.

"아니에요! 목걸이를 찾느라 엎드려 있는데 케이가 절 덮치려고 했어요!"

클라라가 놀란 얼굴로 외쳤다.

"뭐라고요, 그럴 리가요!"

입으로는 믿을 수 없다고 말하고 있지만, 클라라의 시선은 이미 건을 보고 있었다.

멀뚱한 표정으로 수정을 보던 건이 영문을 모르겠다는 표정을 지었다.

"아니…… 수정 씨 그게 무슨 말이에요?"

"당신이 날 덮치려고 했잖아요! 으아아아앙!"

수정은 울면서도 주위를 둘러보며 CCTV를 찾았다.

미리 확인했지만, 다시 한번 확인을 하는 치밀함을 보여준 그녀가 외쳤다.

"절대! 절대 그냥 안 넘어갈 거예요! 이건 성추행도 아니고 성폭행 미수였다고요!"

클라라가 수정의 옆에 앉으며 그녀의 등을 다독였다.

"알았어요, 수정 씨 일단 진정하고 옷부터 갈아입어요. 이쪽으로 오세요."

클라라가 호의를 베풀었지만 찢긴 옷은 중요한 증거였기에 수정이 몸부림을 쳤다.

"놔요! 다들 한패잖아요, 나 절대 그냥 못 넘어가요!"

수정이 울며 전화기를 꺼내 이 팀장을 연결했다.

"흐아앙, 팀장님. 저에요, 훌쩍. 지금 케이 플로어로 빨리 와주세요. 저 강간당할 뻔했어요. 흐윽, 흐윽."

미리 합을 맞추어놓은 이 팀장이 고래고래 소리를 질렀다. 옆에 앉아 있던 클라라에게까지 이 팀장의 호통 소리가 들려오자 상황이 심각함을 눈치챈 클라라가 재빨리 전화를 들어 린에게 연결을 시도했다.

린과 통화 중 엘리베이터 문이 부서질 듯한 소리를 내며 방으로 들어온 이 팀장이 분노한 표정으로 손가락질을 했다.

"당신! 당신이 케이면 다야? 뭔데 여자애를 강간하려고 해?"

아직 상황 파악이 안 된 건이 멀뚱한 표정으로 물러섰다.

"아니…… 그게 아니고요……."

그의 답을 기대한 것이 아니었던 이 팀장이 통화 중인 클라라에게 소리쳤다.

"당장 기자들 불러! 나 이거 그냥 못 넘어가, 거대 기획사면 다야?"

"지, 진정하세요. 지금 이사님과 통화 중입니다."

이 팀장이 수정의 낭패한 모습을 보고 씩씩거리며 건에게 손가락질했다.

"당신, 감히 우리 소속 가수를 이 꼴로 만들어? 두고 봐! 내가 어떡하나!"

당황한 건이 수정을 보며 말했다.

"아니…… 전 아무것도 안 했……."

수정이 표독스러운 얼굴로 건을 째려보자 말을 잇지 못하는 건이었다.

윤정과 진연이 두려운 표정으로 호통치는 이 팀장과 수정을 번갈아 보았다.

잠시 후 통화를 마친 클라라가 자리에서 일어나며 말했다.

"이 팀장님. 5층 손린 이사님 방으로 가시죠. 수정 씨와 두 분은 잠시 여기 계시고, 케이도 따라오세요."

이 팀장이 팔을 걷어붙이며 앞장섰다.

"그래요, 갑시다! 책임자 얼굴 보고 이야기해야지! 너흰 여기 있어!"

이 팀장과 클라라, 건이 모두 자리를 뜨자 고개를 숙이고 울고 있던 수정이 무표정한 얼굴로 바뀌었다.

찢어진 옷을 그대로 버려두자 하얀 속옷이 그대로 보였다. 다리를 꼬고 미소를 지은 수정이 팔짱을 끼고 두 사람에게 말했다.

"앉아, 뭐해?"

윤정과 진연이 머뭇거리며 자리에 앉자 미소를 지은 수정이 말했다.

"아무리 꼬셔도 안 넘어오더라고, 소파 아래를 찾는 척하면서 속옷까지 보여줬는데 말이야. 별수 있나? 내가 옷 찢고 비명 지르고 화분 쓰러뜨리느라 생쇼를 했네. 후훗."

윤정이 화난 표정을 짓자 진연 역시 분노한 표정으로 말했다.

"언니, 진짜 이건 너무한 거 아니에요? 이건 범죄라고요."

"후후, 그래서? 여긴 CCTV도 없어. 내가 말하는 그대로가 곧 사실이 되겠지. 무혐의 처리되어도 상관없어, 그의 입장에서는 이런 일이 외부에 나가는 것만으로 큰 타격이니까, 우리 요구 조건을 들어줄 수밖에 없는 상황이 되겠지."

"언니! 진짜 이건 아니잖아요!"

"후후, 입 다물고 가만히 지켜보기만 해. 언니가 다 알아서 해."

윤정과 진연이 화난 표정을 숨기지 못하고 수정을 노려봤지만 여유로운 표정으로 휘파람까지 부는 수정이었다.

"이거 정말 너무 하시는 것 아닙니까? 견학 온 아이돌들에게 추행이라니요, 케이의 대외적인 이미지만 믿고 아이들만 보낸 제 실수도 있지만, 이건 그냥 넘어갈 문제가 아닙니다."

서슬이 퍼렇게 외쳐대는 이 팀장이 소파에 앉아 있는 린을 향해 고함을 쳤다.

린은 클라라를 통해 이야기를 들었지만, 따라온 건의 표정을 보고 이 일이 사실이 아닌, 계획적인 것임을 눈치챘다.

하지만 건의 방에는 CCTV가 없었기에 피해자 쪽에서 일방적으로 사건을 오픈했을 경우 건이 입을 이미지 타격에 대해 계산 중이었다.

건은 이 일이 사실이 아니었기에 설마 무슨 일이야 나겠냐 싶은 순진한 마음으로 화를 내고 있는 이 팀장에게 말했다.

"팀장님, 저는 그런 일을 한 적이 없다니까요."

"아니, 애 꼴을 보고 이야기하세요, 옷은 다 찢겨 있고 울어서 마스카라까지 번져 있는 것 다 봤습니다. 그런 꼴을 보고도 당신이 사실이 아니라면 그러려니 해야 합니까, 제가?"

"저도 황당합니다. 그런데 정말 저는 수정 씨의 손끝 하나 건드린 적이 없어요."

"훙, 어디 범죄자가 내가 저질렀소, 하는 사람이 있습니까? 다들 오리발이죠."

"하아…… 나참."

황당하고 답답해하는 건을 보던 린이 침착한 어조로 말했다.

"건 씨, 잠시 나가 계세요."

"이사님, 저는 정말……."

"알아요, 제가 알아서 할 테니까 안심하고 나가 계세요. 클라라? 모시고 나가세요."

초조한 눈빛으로 상황을 지켜보던 클라라가 건을 데리고 밖으로 나갔다.

두 사람이 완전히 나가는 것을 지켜보던 린이 소파에 등을 깊숙하게 묻은 후 말했다.

"이 바닥에서 꽤 구르셨을 테니, 단도직입적으로 묻겠습니다. 원하는 게 뭐죠?"

이 팀장이 천연덕스럽게 물었다.

"뭐요? 그게 무슨 말입니까, 이쪽은 피해자입니다. 당연히 사과와 그에 상응하는 보상을 주셔야죠."

린이 실소를 지으며 말했다.

"연기는 그만두시죠, 당신이 계획한 대로 원하는 것을 얻을 타이밍이니, 말을 하세요."

이 팀장이 주위를 둘러보며 CCTV를 찾았다.

그 모습을 본 린이 빙긋 웃으며 말했다.

"제 방에는 CCTV가 없습니다."

린을 힐끗 본 이 팀장이 핸드폰을 꺼내 화면이 보이도록 테이블에 올려두고 린을 빤히 보자, 린 역시 핸드폰을 꺼내 검은 액정이 하늘로 보이게 테이블에 두었다.

녹음을 하지 않는다는 것을 보여주는 요식행위였다. 이 팀장이 린의 핸드폰의 액정 화면을 켜 실행 중인 앱이 없음을 확인한 후 표정을 바꾸어 미소를 지은 후 소파에 편안히 등을 기대고 앉아 다리를 꼬았다.

"역시 이사님의 눈치는 빠르군요, 하지만 지금 상황에서는 빠져나가실 곳이 없다는 것을 잘 알고 계실 것입니다."

180도 바뀐 이 팀장의 태도를 본 린이 그를 위아래로 보며 고개를 끄덕였다.

"네, 알고 있습니다. 생각보다 치밀하게 계획하셨군요, 그래서 원하는 것이 뭐죠?"

"이번에 케이가 새 앨범 작업을 하고 있지요? 그중 댄스곡이 있는 것으로 알고 있습니다. 피처링할 한국 뮤지션을 물색 중이라는 정보를 들었지요."

린은 처음 듣는 이야기였지만 일단 그가 원하는 것이 무엇인지 파악하는 것이 우선이었기에 물었다.

"그래서요?"

이 팀장이 히죽 웃으며 말했다.

"우리 YDN 엔터테인먼트 소속 가수들을 써주시면 되겠습니다. 아, 물론 한 명으로는 안 되겠죠, 적어도 네 명 이상은 써 주셔야겠습니다, 피해자인 수정이는 당연히 포함되어야 할 것이고요."

린이 싸늘한 표정으로 물었다.

"오늘 함께 온 다섯 명 중 네 명입니까?"

"오, 그건 아닙니다. 윤정이와 진연이는 빼고, 셋. 그리고 한국에서 한 명을 더 뽑아 오죠."

린이 고개를 저으며 말했다.

"돈을 달라시면 그리 해드릴 것이고, 팡타지오와의 협업이 필요하다면 그리 할 것입니다. 하지만 케이의 음악을 건드리시려는 목적이라면 당신이 원하는 것을 얻지 못할 것입니다."

넙죽 엎드려도 시원치 않을 판에 아직 상황 파악이 덜 된 듯 강하게 나오는 린을 본 이 팀장이 어이없는 표정을 지었다.

"이사님? 아직 상황 파악이 안 되십니까?"

"파악되었습니다. 당신이 목적을 가지고 함정을 팠고, 순진한 케이가 걸려들었다는 것이죠."

"하하, 그래요, 그렇다고 칩시다. 그래서요? 밖에 나가서 바로 기자회견 할까요?"

"마음대로 하세요, 물론 대가를 치실 겁니다. 나가보세요."

"뭐…… 뭐라고요?"

"나가라고 했습니다."

"이, 이익! 두고 보십시오!"

벌떡 일어나 방을 나선 이 팀장이 아직 케이 플로어에 있는 수정을 데리러 왔다.

얼굴이 벌게져서 돌아온 이 팀장의 얼굴을 본 수정이 옷을 추스르며 일어났다.

"잘 안 됐어요, 팀장님?"

이 팀장이 수정의 팔목을 잡아끌며 말했다.

"일단 나가자. 아직 상황 파악이 덜 되어서 저러나 본데, 대가리 굴려봐야 어차피 빠져나갈 곳은 없어. 기다리면 먼저 연락이 올 거다. 윤정이 진연이, 너희들도 나와."

이 팀장이 엘리베이터를 타고 1층으로 내려와 경호실의 경호원들을 째려보며 침을 뱉었다.

"퉤잇! 더러운 자식들!"

건은 클라라와 함께 옥상 휴게소에 있다가 린의 부름을 받고 5층으로 내려오자마자 억울한 눈빛으로 말했다.

"이사님, 전 정말 아무 짓도 안 했어요."

린이 가만히 건을 보았다.

그녀의 눈빛이 마치 진실을 말하라는 것 같아 다시 한번 억울한 눈빛으로 항변하려던 건의 귀로 차분한 린의 목소리가 들려왔다.

"당신이 그런 짓을 할 리 없다는 것을 누구보다 잘 알고 있습니다. 믿고 있어요, 전."

"이사님……."

"우리는 함정에 걸린 것입니다, 억울하게 되었죠. 하지만 현재 상황에서는 빠져나갈 구멍이 없습니다. 두 가지 중 하나를 선택해야 해요."

"두 가지요?"

"네, 하나는 저들의 요구를 들어주는 것이고, 다른 하나는 그대로 두는 것이죠. 아 물론 아무 대응을 하지 않는 것은 아닙니다. 그것은 사실을 인정하는 꼴이니까요. 명예훼손과 허위사실 유포로 법적 맞대응을 해야 하는데 이 경우는 이미 대중에게 이러한 사실이 알려지고 난 후라 이미지에 큰 타격을 입을 수 있습니다."

잠시 고민스러운 표정을 짓던 건이 물었다.

"저들의 요구가 무엇인데요?"

"음…… 이해할 수 없는 요구라 저도 좀 당황했습니다만, 건 씨가 한국의 댄스 음악을 연구하고 있다는 정보가 새어 나간 것 같습니다. 피처링을 할 한국 뮤지션을 찾는 것으로 착각하고 있더군요. 새로운 앨범의 피처링을 YDN 엔터테인먼트 소속 가수로 채워줄 것을 요구했습니다."

"음……."

"피처링을 쓸 생각이었나요?"

"아니요. 피처링은 있어도 그만, 없어도 그만이라 굳이 쓸 필요는 없긴 해요."

"그럼 쓴다고 해도 크게 문제는 없나요?"

"그건 그렇긴 한데…… 이런 식으로 쓰고 싶지는 않아요."

"으음…… 그렇군요. 일단 방법을 더 생각해 보죠. 방으로 돌아가세요. 깨어진 화분은 이미 치워졌을 겁니다."

"휴…… 네 이사님. 죄송해요."

"건 씨가 죄송할 일이 아닙니다. 그들의 목적도 제대로 확인하지 않고 사내로 들인 제 잘못이니 그런 말씀 마시고, 돌아가 쉬세요."

"네……."

힘없이 방으로 돌아가는 건의 뒷모습이 무척 안쓰러워 보였다.

아랫입술을 깨물고 창밖으로 시선을 던진 린이 머리가 아픈지 미간을 매만졌다.

린은 클라라에게 오전에 있었던 일에 대해 최대한 자세히 기록된 보고서를 요청했고, 오후 내내 보고서를 검토했다.

늦은 오후까지 고민을 거듭하던 린에게 찾아온 스넵과 네미넴이 권총을 꺼내 달려 나가려는 것을 간신히 막은 린이 더욱 심해진 두통에 잠시 소파에 앉아 쉬고 있을 때 클라라가 사무실로 들어왔다.

쉬고 있던 린이 다시 차분한 표정을 지으며 물었다.

"무슨 일이죠? 더 보고할 것이 있나요?"

클라라가 조금 심각한 표정으로 말했다.

"이사님, 윤정과 진연이 찾아왔습니다."

"응? 그게 누구…… 아, 오전에 왔던 사람 중 두 사람이군요. 왜요, 그쪽도 뭔가 피해를 입었답니까?"

"그게…… 자신들이 진실을 밝히겠다고 찾아왔습니다."

린이 번쩍 고개를 들었다.

"뭐라고요?"

클라라가 뒤를 보자, 윤정과 진연이 머뭇거리며 사무실로 들어왔다.

싸늘한 눈빛으로 두 사람을 보던 린이 클라라의 말을 떠올리고 두 사람에게 말했다.

"일단 앉으세요."

린의 유창한 한국어를 듣고 가슴을 쓸어내린 두 사람이 자리에 앉은 후 눈치를 보다가, 윤정이 먼저 말문을 열었다.

"저기…… 이사님. 아시다시피 이건 모함이에요. 수정 언니가 다 말해줬어요, 스스로 옷을 찢고 화분을 깬 것이라고요. 케이 오빠는 정말 아무 잘못도 없어요."

윤정이 말문을 트자 진연이 다급히 동조했다.

"맞아요, 처음 한국에 왔을 때부터 다 계획하고 온 거예요, 물론 이런 방식으로 계획한 것은 아니었지만요."

누가 먼저랄 것도 없이 그동안 있었던 일들에 대해 말을 쏟아내는 두 사람을 지그시 보고 있던 린이 소파 옆 화분에 있는 난의 이파리를 만지며 말했다.

"이미 일어난 일이고, 두 사람이 증언을 해주는 것으로 소송에서는 이길 수 있겠지만 케이가 이미지에 타격을 입는 것은 막을 수 없습니다. 조금 일찍 말씀해 주셨더라면 좋았을 텐데요."

윤정이 울음을 터뜨리며 일어나 허리를 숙였다.

"흐흐흑, 어쩔 수 없었어요. 죄송해요! 죄송해요!"

윤정이 울기 시작하자 진연 역시 함께 울음을 터뜨리며 일어나 허리를 숙였다.

"저희는 반항할 힘이 없었어요, 정말 죄송합니다! 이렇게까지 될 줄은 몰랐어요. 흐흑."

몇 번이나 사과하는 두 사람에게 더 뭐라고 할 이유도 없었고, 진실을 밝히겠다고 찾아와 준 것이 고마웠던 린이 고개를 끄덕이다 클라라를 보았다.

"두 사람이 찾아온 것을 이 팀장이 알고 있습니까?"

클라라가 잘 모르겠다는 눈빛을 하자, 울먹이는 윤정이 말했다.

"알고 있어요, 저희가 다 밝히겠다고 소리치고 나왔거든요…… 흐흑."

린이 울고 있는 윤정을 지그시 보며 물었다.

"그랬더니 뭐라고 하던가요?"

이번에는 진연이 울먹이며 말했다.

"그래 봐야 이미 끝난 일이라고……흐흑, 가 봐야 소용없고 호텔에서 한 발자국이라도 나가면 YDN에서 제명이라고 했어요. 흐흐흐흑."

린의 표정이 조금 따뜻해졌다.

미리 사건이 일어나지 못하게 언질해 주지 않은 것은 서운했지만, 제명을 각오하면서까지 이곳에 찾아오기까지 힘없는 두 소녀가 얼마나 큰 용기를 냈을지 짐작했기 때문이었다.

"케이와 인연이 있었다고 들었어요, 맞지요?"

윤정이 건의 이름이 언급되자 더 크게 울음을 터뜨리며 엎드렸다.

"네, 흐아아앙! 케이 오빠는 호의로 대해주셨는데 미안해서 어떡해요! 흐아아앙!"

진연 역시 눈물 콧물을 흘리며 크게 울었다.

"케이 오빠 어떻게 봐요, 흐아아아앙!"

린이 한참 울고 있는 두 소녀를 보다가 그녀들이 진정되기를 기다린 후 클라라에게 말했다.

"케이가 걱정하고 있을 겁니다. 두 분을 보내 자초지종을 듣게 하세요."

클라라가 걱정스러운 표정으로 말했다.

"두 분을 보면 화를 내실지도 모르는데…… 괜찮겠습니까, 이사님?"

린이 살짝 미소를 지으며 클라라를 보았다.

"그를 모르시나요?"

잠시 린과 눈을 마주친 클라라의 얼굴에 서서히 미소가 번졌다.

"잘 알지요."

"그럼 데려가세요."

"네, 이사님."

클라라가 두 소녀를 데리고 나가자 정신을 차리려는 듯 몇 번 뺨을 때린 린이 매서운 눈빛으로 변했다.

"어딘가에 허점은 분명히 있다."

♪♪♩

자신을 찾아온 두 소녀를 본 건이 마음속에서 끓어오르는 화를 겨우 참았다가, 클라라의 설명을 듣고 마음을 풀었다.

연신 자신의 표정을 살피며 눈치를 보는 두 소녀를 지그시 바라본 건이 자리에서 일어나 냉장고에서 음료를 꺼내 내밀었다.

"마셔, 입술이 다 말랐다."

하도 울어 몸에 수분이 다 빠졌는지 입술이 메말라 갈라져 있던 둘이었지만 감히 음료수를 마시지 못하고 받아만 들었다.

그런 두 사람을 보고 마음이 다 풀려 버린 건이 미소를 지으며 손을 들었다.

"마시라니까. 예쁜 입술 다 망치겠다."

건의 거듭된 권유에도 음료를 마시지 못하는 두 사람에게서 캔을 빼앗은 건이 직접 뚜껑을 따서 내밀었다.

"자, 마시면 용서해 줄게."

건의 말에 황급히 음료수를 들이켠 두 사람이 사레가 들렸는지 눈에 커다란 눈물방울을 매달고 콜록거리자, 건이 웃음을 보였다.

잠시 두 사람을 보던 건이 옆에 서 있던 클라라에게 고개를 돌렸다.

"YDN 이라고 했었나요? 거기서 제명당하면 어떻게 되는 거예요?"

YDN의 이름이 나오자 겁먹은 듯한 표정으로 클라라를 보는 두 소녀였다.

클라라가 침착한 표정으로 두 소녀를 보며 말했다.

"아마, 그냥 제명당하는 수준으로 끝나지는 않을 겁니다."

"그럼 어떻게 되는 건가요?"

"두 분은 이미 데뷔를 했습니다. 적지만 팬들이 있는 상태이죠, 그들에게 설명할 구실이 필요할 테니 사실무근의 허위사실을 기사로 낼 겁니다. 예를 들면……."

겁에 질린 두 소녀를 잠시 바라보며 말을 잇지 못하는 클라라에게 건이 물었다.

"예를 들면요?"

"재벌 2세나, 사업가와의 불륜, 마약, 멤버 간의 불화 등으로 포장해 퇴출시키겠죠. 아무것도 모르는 대중은 그저 그런가 보다 하고 비난할 것이고요."

클라라의 말에 윤정과 진연의 눈에 매달린 눈물방울이 후드득 떨어졌다.

건이 심각한 표정을 지으며 팔짱을 꼈다.

"생각보다 더 더러운 곳이군요."

"비단 그곳뿐 아닙니다. 이런 일이 발생할 때 한국의 엔터테인먼트가 공공연하게 벌이고 있는 일이죠."

윤정과 진연의 어깨가 들썩이는 것을 본 건이 그녀들의 어깨를 토닥여 주며 말했다.

"너무 걱정하지 마, 어떻게든 도와줄게. 그리고 이렇게 용기 내서 찾아와 준 것, 고마워."

원망해도 시원치 않을 판에 고맙다고 말해주는 건의 허벅지를 붙잡은 두 사람이 건에게 안기다시피 하며 울음을 터뜨렸다.

"흐에에에엥! 오빠, 진짜 미안해요, 흐아아아앙!"

"오빠, 오빠. 너무 죄송해요, 흐흑."

두 사람을 다독인 건이 클라라에게 말했다.

"호텔로 돌아가기 어려울 테니, 두 사람이 쉴 적당한 호텔을 잡아주세요."

"네, 바로 준비하겠습니다."

"부탁합니다."

건이 시계를 보니 오후 여섯 시가 넘어가는 시간이었다.

아직 울고 있는 두 소녀를 다독여 내보낸 건이 혼자 남은 소파에 앉아 한숨을 쉬었다.

"휴…… 일이 이렇게 되어버리네."

맥주 한잔 생각이 간절해진 건이 냉장고 쪽으로 가던 중 컨트롤박스에 있는 인터폰이 울렸다. 힐끔 인터폰을 본 건이 맥주를 꺼낸 후 천천히 다가가 인터폰을 눌렀다.

"예."

"케이, 1층 경호실입니다."

"네, 무슨 일인가요?"

"지난번에 방문하셨던 친구분이 오셨는데 어떻게 할까요?"

"친구요? 누구인가요?"

"구시온이라는 분입니다."

건의 얼굴에 반가움이 떠올랐다.

"네, 안으로 들여보내 주세요."

"알겠습니다."

어렵고 외로울 때 찾아와 준 친구가 그렇게 반가울 수 없었던 건이 냉장고에서 시원한 맥주 한 캔을 더 꺼내 테이블에 올려두고 소파에 앉았다.

먼저 맥주 한 캔을 따 목을 축이고 있자 자동문이 열리며 체크 남방에 베이지색 면바지를 입은 구시온이 들어왔다.

캔을 들어 올리며 힘없이 웃은 건이 그를 반겼다.

"구시온, 왔구나?"

구시온이 지그시 건을 보다가 다가오며 물었다.

"무슨 일 있어? 표정이 왜 그래?"

"하하, 무슨 일은…… 앉아. 맥주 한잔하자."

건의 맞은편에 앉아 맥주를 한 모금 마신 구시온이 자신을 뚫어지게 보자, 힘없이 웃은 건이 말했다.

"아…… 골치 아픈 일이 좀 있어서 말이야. 그나저나 연락도 없이 웬일이야, 전화기도 줬는데 연락하고 오지 그랬어."

"아, 부모님이 집으로 돌아가셔서 내 짐을 가지러 왔지."

"그랬구나, 짐은 그대로 있으니 가져가면 돼."

"그래, 고마웠다."

자리에서 일어난 구시온이 노트북 충전 잭이 잘 꽂혀 있는 것을 확인 후 놀란 척하며 말했다.

"응? 내가 노트북을 그대로 켜놓고 갔네? 에이씨! 이거 홈 시큐리티 시스템도 그대로 돌아가고 있었구나, 이러면 배터리 수명이 빨리 닳을 텐데."

건이 맥주를 한 모금 마신 후 고개를 돌렸다.

"홈 시큐리티 시스템이 뭔데?"

구시온이 노트북을 가져와 건의 옆에 앉아 화면을 보여주었다.

"응, 내가 벤치에서 그림을 그리다가 잠시 자리를 비우면, 가끔 지나가는 거지들이 미술 도구들을 훔쳐 갈 때가 있어서 설치해 둔 거야. 노트북이 열려 있으면 CCTV처럼 주위 화면이 클라우드에 저장되거든."

구시온의 말에 크게 관심이 없었던 건이 다시 맥주를 마시려다가 몸을 굳혔다.

“뭐라고? 주위 화면이 녹화된다는 거야?”

“응, 왜. 여기에서 연애라도 했냐? 킬킬. 걱정 마 유출 안 하고 지워줄게.”

“아, 아니…… 그, 그게 아니고! 녹화된 것 좀 볼 수 있어?”

“어…… 클라우드에 들어가면 저장되어 있겠지. 왜?”

“보, 보여줘!”

“어…… 잠깐만.”

잠깐 노트북을 조작한 후 건에게 화면을 돌려준 구시온이 화면 속에 나오는 케이 플로어를 보며 말했다.

“화살표를 누르면 1분 간격으로 건너뛰기를 할 수 있어. 지금 화면은 내가 널 만나고 난 후 나가는 것이니까, 보고 싶은 부분을 찾아서 보면 돼.”

건이 구시온에게 노트북을 받아 화살표를 연타했다. 며칠의 시간 동안 녹화된 화면이라 화살표를 한참 연타하던 건이 아이돌들이 방에 와 시즈카의 도시락을 먹던 곳에서 화면을 멈췄다.

진지한 표정의 건을 본 구시온이 화면을 함께 보며 물었다.

“뭔데 그래?”

화면 속에서 모두가 방을 나섰다가 둘만 들어온 건과 수정이 뭔가를 찾는 듯 방 안을 뒤지다가 소파 아래를 뒤지던 수정이 고개를 들고 다른 곳을 찾고 있는 건을 바라보는 것이 보였다.

잠시 건을 바라보던 수정이 고개를 숙이더니 상의를 찢고 벌떡 일어나 화분을 쓰러트리며 소리를 지르는 것이 보였다.

갑작스러운 소리에 놀란 건이 멀뚱히 그녀를 보고 있었고, 소파에 누워 몸부림치며 소리치고 우는 수정이 화면에 담겨 있었다. 그것을 본 구시온이 어이없는 표정으로 말했다.

"뭐야, 이 여자는? 너희 회사 연기자도 뽑냐? 이게 뭔 생쇼야?"

화면을 끝까지 본 건이 소파에 털썩 기대어 머리를 부여잡았다.

"휴…… 다행이다."

"엉? 뭐가 다행이야?"

건의 얼굴에 웃음이 번졌다. 구시온을 와락 껴안은 건이 웃음을 터뜨리자 구시온이 징그럽다는 듯 팔을 뿌리쳤다.

"뭐야, 나 그쪽에 취미 없어, 이 자식아!"

"하하하하, 구시온! 역시 넌 나에게 천사 같은 친구야! 하하하."

자신에게 천사라고 말하는 건을 지그시 보던 구시온이 머리를 긁으며 물었다.

"천사?"

건이 해맑게 웃으며 다시 구시온을 껴안았다.

"하하하, 그래! 천사야!"

구시온의 표정이 이상해졌지만, 건의 웃음을 본 그는 마음이 따뜻해지는 듯했다.

처음 느껴보는 감정의 생소함이 어색했던 구시온이 일어나 가방을 챙겨 들었다.

"노, 노트북은 필요한 것 같으니 두고 갈게. 난 바빠서 그만 가야 하거든."

"어? 벌써 가려고? 왜 좀 더 있다 가지."

"아, 아냐. 할 일이 좀 있어서. 다음에 페이랑 같이 올게."

"배웅해 줄게!"

건이 1층까지 나와 팡타지오 건물을 나서는 구시온을 배웅해 주었다. 어찌나 고마웠는지 구시온이 몇 번이나 뒤돌아보아도 끊임없이 손을 흔들고 있는 건이었다.

어색한 표정으로 손을 마주 흔들어준 구시온이 골목길을 돌아 나오자, 벽에 기대어 팔짱을 끼고 있는 금발의 미소년이 웃으며 자신을 보고 있었다.

잠시 그를 째려본 구시온이 얼굴을 붉히자 미소년이 더 큰 웃음을 터뜨리며 구시온의 어깨를 붙잡았다.

"푸하하, 천사가 된 기분이 어떠신가, 악마 서열 9위 구시온님?"

구시온이 파이몬을 째려보며 어깨를 털어냈다.

"저리 치워."

"푸하하하! 좋으면서! 기분 좋으면서!"

"저리 가 이 자식아!"

"크하하하, 이리 와 어디가 인마! 크하하."

황급히 도망가는 구시온과 그를 쫓아다니며 장난을 치는 파이몬이 어둠 속으로 사라지자, 그들의 힘을 느낀 린이 5층의 창문을 통해 그 모습을 바라보고 있었다.

두 사람의 모습을 따뜻한 표정으로 보던 린이 5층으로 올라오는 건을 느끼고 소파에 앉았다.

건은 신이 나서 노트북 화면을 보여주었고, 이미 짐작하고 있는 내용이었지만 다시 한번 확인을 한 린의 표정이 차가워졌다.

노트북을 닫은 린이 건을 보며 말했다.

"이제 되돌려 줄 시간입니다."

건은 자신의 무죄를 밝힐 생각이었지 복수를 할 생각은 없었는지 린의 말에 잠시 생각에 잠겼다.

린은 그런 건을 기다려 주었고, 잠시 후 건이 조심스럽게 말했다.

"굳이 복수할 생각은 없어요, 이사님. 그것보다……."

린은 건이 이러한 마음을 가지고 있을 것이라는 것을 예상했는지 별로 놀라지 않고 물었다.

"그 두 소녀에게 피해가 가지 않았으면 하는 거죠?"

건이 어색하게 웃으며 말했다.

"사실, 함정에 걸렸다고 하지만 기사가 나간 것도 아니고 별다른 피해를 입은 건 아니잖아요. 괜히 이슈화해서 두 소녀까지 피해를 입는 건 원하지 않아요."

"하지만, 두 소녀가 제명을 당하는 것을 막았다 해도 그 회사에서 둘을 가만둘 리 없습니다."

"음…… 그래서 말인데요. 이사님……."

잠시 머뭇거리는 건을 포근한 표정으로 보던 린이 손가락으로 소파의 팔걸이를 튕기며 말했다.

"두 소녀. 우리가 받아들이자는 것이지요?"

"아…… 하하, 역시 이사님은 제 생각을 다 읽고 계시는 것 같네요. 하하."

"두 사람을 계약하는 것은 제가 할 수 있는 일입니다만, 그 소녀들이 여기서 성공을 하는 것은 각자의 몫입니다. 미국에서 통할 소녀들이던가요?"

건이 팔짱을 끼고 말했다.

"피처링을 할 생각은 없었지만, 바람의 노래에 두 사람을 써 보려고 해요."

"바람의 노래에요?"

"네, 아까 말씀드린 것처럼 피처링을 넣어도 그만, 안 넣어도 그만이거든요. 절 변호해 주려고 회사에서 제명당한 아이들인데 제가 챙기고 싶어서요."

"후후, 알겠습니다. 그리 하세요."

"고맙습니다, 이사님. 헤헤."

"내일 이 팀장에게 확실히 계약관계 정리를 요구한 후 두 소녀와 계약 추진하겠습니다."

"네, 부탁드립니다."

"수정 씨와 이 팀장에게 따로 전할 말이 있으신가요?"

"아…… 뭐, 따로 없어요. 그냥…… 그렇게 살지 말라는 정도?"

"호호! 건 씨답군요, 알겠습니다."

오전부터 종일 골머리를 썩이던 일이 해결되고 나자 이제야 웃음이 돌아온 두 사람이었다.

◈ 4장 ◈

작은 인연(3)

아무도 없는 밤.

홀로 사무실에 남은 린이 YDN 엔터테인먼트 대표에게 전화를 걸었다.

아직 사정을 모르는 상대는 비서와의 통화 후에도 한참 동안 린을 기다리게 한 후 느긋한 목소리로 전화를 받았다.

"아~ 예, YDN 엔터테인먼트의 김창한이오. 팡타지오의 손린 이사시라고요?"

"네, 팡타지오의 손린입니다. 김창한 대표이사님."

"허허, 그래. 이 팀장한테 이야기는 대충 들었소이다. 거, 일처리를 이렇게 하시면 어쩌나 그래, 케이의 대외적 이미지도 있는데 내가 알아서 애들 입막음은 해두리다."

"그러시겠습니까?"

"허허, 그래야지요. 이 바닥이 서로 돕고 살아야 하는 곳 아니겠습니까, 자신이 남에게 한 만큼 돌아오는 바닥이니 말이오. 허허허."

"동의합니다, 대표이사님."

"그래, 이 팀장에게 조건은 들으셨겠지요?"

"네, 들었습니다."

"허허, 이야기가 빨라서 좋구려. 그럼 애들을 뽑아놓고 기다리겠소이다."

"가수들을 보기 전에 대표님부터 뵈어야 맞지 않겠습니까?"

"아? 허허, 그러시겠소? 언제 오시겠소, 내가 좀 바빠서 미리 스케줄을 좀 봐야 하는데 말입니다."

띠링.

사무실의 전화를 이용해 통화 중인 그가 문자 오는 소리에 핸드폰을 힐끔 보았지만, 나중에 확인할 요량으로 통화를 계속했다. 하지만 이어진 린의 말에 그는 더 이상 문자를 무시할 수 없었다.

"대표님 개인 핸드폰으로 문자를 보냈습니다. 확인해 주세요."

"뭐요? 내 개인 핸드폰 번호는 또 어떻게 아시고…… 뭐 스케줄을 보낸 것인가 보오. 알겠습니다. 내 확인하고 다시 전화 드리지."

"네, 알겠습니다."

전화를 끊은 김창한이 핸드폰을 들었다. 문자로 온 것은 동영상이었는데, 꽤 긴 동영상인지 다운로드받는 시간이 십여 초 지나고 나서야 영상이 시작되었다.

담배를 피우기 위해 담뱃갑에서 담배를 꺼내던 김창한이 화면 속 수정이 혼자 쇼를 하는 모습을 확인하고는 손가락에서 담배를 떨어뜨렸다.

약 1분간의 동영상이 끝나자 황급히 다시 보기를 눌러 처음부터 끝까지 자세히 동영상을 본 그가 담뱃갑을 와락 구겼다.

"젠장! CCTV 없다고 그렇게 자신하더니! 최 비서, 이 팀장 당장 연결해!"

책상 위에 팔꿈치를 대고 잘 빗어 뒤로 넘긴 머리를 쥐어뜯던 김창한이 고함을 지르며 테이블 위의 집기를 때려 부수기 시작했다.

"젠장! 젠장, 이 망할 새끼! 그렇게 단단히 처리하라고 노래를 불렀건만!"

와장창! 쨍그랑!

손으로 테이블 위에 집기를 쓰러뜨리는 것으로도 모자라 골프채로 장식장의 유리를 부수는 김창한의 대표실 밖 문 앞에서 이 팀장과 연결된 무선 전화기를 들고 바들바들 떨던 최 비서가 문을 열지 못하고 떨었다.

내부가 조금 진정된 것 같아서 문을 열었을 때는 눈이 빨갛게 변한 김창한이 넥타이도 벗어 던지고 와이셔츠 단추를 세 개나 풀어헤친 상태로 골프채에 의지해 숨을 고르는 중이었다.

조심스럽게 전화기를 내민 최 비서가 떨리는 목소리로 말했다.

"대, 대, 대표님…… 이, 이용욱 티, 팀장님 연결되었습니다……."

"가져와!"

최 비서에게 전화를 빼앗듯 가져온 김창한이 전화기를 귀에 대자마자 소리를 질렀다.

"야 이 새끼야! 그렇게 자신만만하더니 이게 무슨 꼴이야, 뭐? 무슨 일? 이 새끼가 아직 상황도 모르고 어디 실실거리고 있어, 너 인마. 너랑 네 밑에 스탭들까지 전부 해고야! 무슨 일은 다른 놈한테 설명 들어, 이 새끼야!"

가타부타 설명도 없이 성질을 부린 김창한이 벽에 전화기를 던졌다.

벽에 맞고 떨어진 전화기가 산산이 부서지며 조각이 났지만, 여전히 화가 풀리지 않은 김창한이 씩씩거리다, 구겨 버린 담뱃갑에서 부러지기 직전의 담배 하나를 찾아 불을 붙였다.

책상 의자에 다시 앉은 김창한이 숨을 고르며 담배를 다 피울 때까지 구석에서 떨던 최 비서가 눈치를 보고 있자, 재떨이도 아닌 바닥에 담배꽁초를 집어 던진 김창한이 소리쳤다.

"팡타지오의 손린 이사 다시 연결해."

"네, 네! 대표님!"

최 비서가 재빨리 밖으로 뛰어나간 후 20초도 되지 않아 인터폰이 울렸다.

"대표님 연결되었습니다."

"알았어."

바닥에 침을 뱉은 김창한이 숨을 고른 후 전화를 받았다.

"김창한입니다."

"알고 있습니다."

"어흠…… 그래, 보낸 동영상은 봤습니다. 우리 아이가 실수를 좀 했더군요."

"그런가요?"

"내 사고 친 아이를 보내 정중히 사과드리겠소."

"네."

"불미스러운 일로 통화하게 되어 유감이외다. 그럼 다음에 또 기회가 되면 만나봅시다."

"그냥 끊으시겠습니까?"

"……할 말이 남으셨소?"

"지금 시간이…… 한국 시간으로 오후 2시군요. 바로 예약을 해서 인천공항에서 미국으로 오시면 내일 오전에는 맨하튼에 도착하실 수 있을 겁니다."

"뭐요? 지금 나보고 거기까지 직접 가란 말이오?"

"기자회견은 내일 정오입니다. 그전까지 도착하지 못하시면 이 동영상은 전 세계에 공개될 것입니다. 이만 끊지요."

일방적으로 끊겨 버린 전화를 바라보던 김창한이 수화기를 테이블에 내려찍기 시작했다.

"이런 젠장. 젠장, 젠장!"

수화기가 다 부숴질 때까지 테이블에 내려치던 김창한이 달려가 대표실 문을 벌컥 열었다.

"최 비서! 당장 뉴욕 가는 비행기 예약하고, 차 대기시켜. 지금 바로 넘어갈 거야!"

고함을 치는 김창한 덕에 어깨를 움츠린 최 비서가 비행기표 예매를 하기 위해 전화기를 들려다가 다시 걸려온 전화를 받았다.

"네, YDN 엔터테인먼트입니다."

"팡타지오의 손린입니다."

"아, 이, 이사님…… 지금 대, 대표님께서는……."

"대표이사님과 연결은 필요하지 않습니다. 뉴욕 방문 시 블랙걸즈의 윤정, B To C의 진연. 이 두 사람의 계약서를 가지고 방문해 주시기 바랍니다."

"네? 아, 네…… 복사본 말씀이십니까?"

"아닙니다, 원본을 가져와 주세요. 끊습니다."

"저기, 저기요, 이사님?"

최 비서가 소리를 치자 넥타이를 매고 슈트를 입고 있던 김창한이 문을 열고 물었다.

"또 뭐야?"

최 비서가 기어들어 가는 목소리로 말했다.

"윤정 씨와 진연 씨의 계약서 원본을 가지고 와달라고 하십니다……."

"그건 또 왜…… 제기랄! 챙겨줘!"

"네, 네! 대표님."

뉴욕 JFK 공항.

오전 09시 25분 도착 비행기로 미국으로 온다는 김창한을 기다리던 이용욱은 수정과 함께 출입국장에서 김창한을 기다리고 있다가 도착한 김창한에게 사람이 많은 공항 한복판에서 따귀를 맞고 쓰러졌다.

짜악!

길을 지나던 행인들이 놀란 눈으로 보았지만 쓰러졌던 이용욱은 바로 벌떡 일어나 차려 자세를 취했다.

최 비서와의 통화를 통해 상황을 전달받았기 때문이다. 한국에서 계속 연예계 생활을 하기 위해서는 해고를 당하더라도 최대한 기는 흉내라도 내야 했기에 더러워도 참는 이용욱이었다.

"너 이 새끼야, 너 때문에 내가 무슨 꼴이야!"

그의 입에서 나온 말과 같이 그의 행색은 과히 좋지 않았다. 비행기에서 한숨도 못 잤는지 눈이 벌게진 그는 평소와 다르게 머리도 단정하지 못하고 헝클어져 있었다.

차렷 자세로 눈을 굴리던 이용욱 옆에서 눈치를 보고 서 있던 수정이 고개를 푹 숙인 채 말을 잇지 못했다.

잠시 두 사람을 째려본 김창한이 앞서가며 고함쳤다.

"차 어디 있어!"

"네, 넵! 이, 이쪽입니다!"

바로 팡타지오로 이동한 세 사람이 경호실에 허가를 받아 5층으로 향했다.

린이 아직 출근하지 않은 5층에 도착한 세 사람이 클라라의 안내로 응접실에 자리를 잡자, 클라라가 차를 내어 오며 세 사람을 번갈아 보았다.

"이사님께서 곧 도착하실 예정입니다. 잠시만 기다려 주세요."

그녀의 말이 끝나기도 전에 5층 엘리베이터가 열리고, 푸른색 수트에 검은 스커트, 하얀 브라우스를 입은 린이 검은색 하이힐을 또각거리며, 세 사람을 보지도 않고 책상에 핸드백을 둔 후 책상 위의 서류를 확인하고 있었다.

그녀가 나타날 때부터 자리에서 일어나 있던 김창한이 헛기침을 하자, 그제야 세 사람을 발견했다는 듯 고개를 돌린 린이 여유로운 표정으로 다가와 소파에 마주 앉은 후 손을 내밀었다.

"계약서는 가져오셨습니까?"

김창한이 서류 가방에서 윤정과 진연의 계약서를 꺼내 내밀었다.

"크흠…… 여기 있소이다."

린이 무표정한 얼굴로 계약서를 확인하더니 확 찢어버렸다.

갑작스러운 그녀의 행동에 놀란 세 사람이 입을 떡 벌리자, 반으로 찢긴 계약서를 든 린이 말했다.

"계약서라는 것이 찢는다고 끝나는 것이 아니지요. 여러분 앞에서 계약서를 찢은 이유는 앞으로 두 시간 내에 이 계약에 대한 법적인 무효 절차를 완료하라는 뜻입니다."

미리 논의된 바가 아니었기에 상황을 파악하려는 이 팀장이 조심스러운 어투로 물었다.

"저…… 이사님 그게 무슨 말씀이신지요?"

"윤정, 진연씨 두 사람을 YDN 엔터테인먼트와 계약 해지하라는 뜻입니다. 물론 해지 사유는 잘 포장해 언론에 발표해 주시기 바라고요."

눈치를 보던 이 팀장이 뭐라고 더 물으려 하자 잔뼈가 굵은 김창한이 손을 들어 저지한 후 말했다.

"그리 하지요. 그럼 이제 보상에 대해 말씀해 보시오. 뭘 드리면 되겠습니까? 돈으로 드리면 되겠습니까?"

린이 피식 웃으며 김창한을 노려보았다.

"케이의 이미지를 돈으로 환산해서 얼마를 주시렵니까?"

김창한이 눈을 굴리며 계산을 했지만, 건의 이미지는 돈으로 환산할 수 없었다.

만약 환산이 된다 하더라도 자신의 회사는 부도가 나도 갚을 수 없는 돈일 것이라는 것까지 생각이 미치자 식은땀을 흘린 그가 머뭇거리며 말했다.

"그…… 그게, 우리도 사정이라는 것이 있는지라…… 시, 십억까지는 내 선에서 어떻게 처리해 보겠습니다……. 그, 그 이상은 좀……."

린이 차가운 미소를 지으며 찢어진 계약서를 테이블 위에 던졌다.

"십억이라, 제가 누군지, 여기가 어딘지 잊어버리셨나 보군요. 케이의 이미지 훼손에 대한 보상이 십억이요?"

그랬다. 팡타지오는 손린이 실권을 잡으면서부터 법정 공방에서 져본 적이 없는 회사였다. 가장 비싼 변호사 로펌을 통째로 계약해 움직이는 팡타지오가 마음을 먹으면 YDN 은 내일 당장에 문을 닫을 수도 있었다.

"그, 그게. 소, 손린 이사. 우리도 사정이라는 것이 있지 않소……. 조, 좋게 해결합시다."

린이 수정을 노려보자, 그녀가 목을 움츠리며 고개를 숙였다.

"좋게 해결합시다?"

그제야 린이 얼마나 무서운 여자인지 눈치챈 김창한이 한숨을 쉬었다.

잠시 바보 같은 표정을 짓고 있는 이용욱을 째려본 김창한이 서서히 자리에서 일어나 소파 옆으로 비켜섰다.

린은 여전히 수정을 째려보고 있었고, 이용욱은 김창한이 일어서자 엉거주춤 같이 일어나 옆에 섰다.

털썩.

김창한이 무릎을 꿇자, 이용욱과 수정이 놀란 눈으로 보았다.

김창한은 무릎을 꿇는 것에서 끝내지 않고 허리까지 숙이며 바닥에 이마를 찧었다.

"죄송합니다! 죄송합니다! 내 이렇게 사과드립니다, 우리 회사만은 남겨주십시오, 소속 가수들이 오십이 넘습니다. 그 아이들 모두 길바닥에 나앉게 할 수는 없지 않겠습니까?"

김창한이 고개를 조아리자 그제야 상황 파악이 된 이용욱이 잽싸게 그의 옆에 무릎을 꿇고 앉아 허리를 숙였다.

하지만 그들에게 시선도 주지 않은 린은 계속 수정을 노려보았다. 대표와 팀장이 무릎을 꿇은 상황에서 린이 자신을 노려보자 엉거주춤 일어난 수정이 그 자리에서 허물어지듯 무릎을 꿇었다.

통이 좁은 정장 스커트가 찢어지며 허벅지가 드러났지만, 무릎을 꿇은 수정은 그저 눈물을 흘리며 나지막하게 말했다.

"죄송합니다⋯⋯ 흐흑."

"케, 케이에게도 직접 사과드리겠소이다. 제발 이번 일은 적당 선에서 마무리해 주십시오, 이사님⋯⋯."

말투부터 달라진 김창한이 무릎을 꿇은 채 두 손을 허벅지 위에 올리고 고개를 숙였다.

이용욱과 수정 역시 무릎을 꿇고 고개를 숙이며 용서를 빌었지만 린은 묵묵부답이었다.

린이 말했던 기자회견 시간이 다가옴에 따라 점점 초조해진 김창한이 무릎으로 기어 린의 앞에 다가가 다시 한번 고개를 조아렸다.

"이 일에 연관된 모든 사람을 해고하고, 그들 모두를 케이 앞에 무릎 꿇리겠습니다. 보상도 이십억까지 드리겠습니다. 제 사비를 털어서라도 드리지요!"

스커트를 입은 자신에게 매너 없이 무릎을 꿇은 채 다가온 김창한을 노려본 린이 자리에서 일어났다.

"보상은 필요하지 않습니다."

하이힐 소리를 내며 창가에 서서 팔짱을 낀 린이 창밖으로 시선을 던졌다. 그녀의 입이 열리기만을 기다리던 김창한이 그새를 참지 못하고 다시 소리쳤다.

"그, 그럼 무엇을 드리면 되겠습니까! 마, 말씀해 주세요!"

린이 에스프레소 머신에서 커피를 내린 후 향을 맡았다. 여유롭게 커피 한 모금을 마신 린이 차가운 눈으로 세 사람을 보았다.

그녀의 시선을 받은 세 사람이 동시에 고개를 조아리자 린이 천천히 입을 열었다.

"만약 당신들이 함정에 빠뜨린 것이 케이가 아니라 다른 사람이었고, 팡타지오의 소속이었다면 나는 철저히 당신들을 부수어 버렸을 것입니다. YDN의 기둥뿌리까지 모두 뽑아버렸을 것입니다."

차가운 표정으로 무서운 말을 내뱉는 린 덕에 몸에 소름이 돋은 수정이 한차례 몸을 부르르 떨었다.

냉정한 표정으로 커피를 한 모금 더 마신 린의 표정이 조금 풀어졌다.

숨을 고르며 분노를 참은 린이 조금 차분해진 말투로 말했다.

"하지만 케이가 그것을 원하지 않는군요."

김창한이 면죄부라도 받은 사람처럼 표정이 확 밝아졌다.

"그, 그럼 기자회견은 취소해 주시는 겁니까?"

린이 커피잔을 책상 위에 올리며 그들을 보았다.

"아닙니다, 기자회견은 예정대로 할 것입니다."

희망을 얻었다가 실망을 하면 더 크게 느껴지는 법이었다. 하늘이 무너지는 표정을 지은 김창한의 눈시울이 붉어지며 턱을 덜덜 떨었다.

"겨, 결국 그리 하시겠다는 것입니까……."

린이 아무 말 없이 자리를 뜨며 대기하고 있던 클라라에게 말했다.

"모시고 따라오세요."

"네, 이사님."

린이 먼저 나가자 클라라가 아직도 무릎을 꿇고 있는 세 사람을 일으켜 세워 주차장으로 안내했다.

잠시 차량을 확인하기 위해 클라라가 자리를 비우자 이용욱이 재빨리 김창한에게 물었다.

"어찌합니까, 대표님. 이대로 가면 저희 회사는 망합니다. 다른 사람도 아니고 케이입니다, 아시지 않습니까? 미국 대통령 인맥까지 있는 사람이에요, 전 세계의 언론이 우리를 물어뜯을 것입니다. 우리는 그렇다 치고 여기 수정이는 어쩝니까? 수정이는 귀국도 못 합니다. 가자마자 돌 맞고 죽을 거란 말입니다."

이용욱의 말에 수정이 몸을 부르르 떨었다.

두 사람을 힘없는 눈으로 본 김창한이 멀리서 다가오는 클라라를 보며 말했다.

"빠져나갈 구멍이 없어. 우리에게 보낸 영상도 복사본이 분명할 것이고, 분명 복사본을 여러 곳에 분산 저장해 두었을 거야……. 후우, 이제 우린 끝났다."

김창한의 포기 선언에 이용욱과 수정이 고개를 푹 숙였다. 김창한이 회한에 찬 눈으로 바닥을 보며 말했다.

"한국으로 돌아가 그나마 성난 대중들에게 돌팔매라도 안 당하려면 최대한 몸을 낮추고 사과하는 모습을 보이도록 해."

"네, 대표님."

클라라의 뒤로 캐딜락 차량이 들어와 일행 앞에 서자, 클라라가 뒷문을 열어주며 말했다.

"타시지요, 기자 회견장은 여기서 10분 거리의 호텔 컨벤션 홀입니다."

도살장에 끌려가는 돼지 같은 표정을 지은 세 사람이 한숨을 지으며 차에 올라탔다. 그렇게 시간이 가지 않길 바랐지만 10분은 금방 지나고, 거대한 호텔 앞에 선 차량에서 내리자 대기하고 있던 기자들이 우르르 몰려왔다.

하지만 곧 손린이 아닌 것을 확인한 기자들이 발걸음을 돌리고 쓸쓸히 남겨진 세 사람이 터벅터벅 컨벤션 홀로 향했다.

화려하고 럭셔리한 컨벤션 홀은 기자석만 천 석이 넘는 대규모 홀이었고, 이미 자리를 꽉 매운 기자들이 입장하고 있는 일행을 보았다.

엄청난 규모의 기자회견에 다시 한번 고개를 떨군 김창한이 클라라가 안내하는 자리로 가 앉았고, 수정과 이용욱이 뒤에 섰다.

가시방석 같은 자리에서의 시간이 조금 흐르자 문이 열리며 손린이 들어왔고, 기자들이 일제히 플래시를 터뜨리며 사진을 찍었다.

눈살을 찌푸리며 조금이라도 더 불쌍한 표정을 지으려 노력하던 김창한이 자신을 스쳐 지나가는 린을 보며 마른 침을 꿀꺽 삼켰다.

린은 그를 보지 않고 기자회견 장 중앙에 설치된 단상으로 걸어가 무표정한 얼굴로 기자들을 한번 훑어본 후 마이크에 입을 댔다.

"바쁘신 와중에 저희 팡타지오의 기자회견을 찾아주신 기자 여러분께 감사드립니다."

그녀의 인사말에 다시 한번 플래시가 터졌고, 그녀의 말을 받아 적는 기자들의 노트북 타자 소리가 회견장 가득 울렸다.

잠시 숨을 고른 린이 다시 마이크에 입을 대며 김창한을 보았다.

그는 이미 모든 것을 포기했는지 가만히 눈을 감고 앉아 있었다.

그에게 두었던 시선을 거두며 린이 입을 열었다.

“오늘 여러분을 모신 이유는 중대한 발표가 있기 때문입니다. 그리고 그것은 여러분들이 항상 궁금해하시는 케이와 연관된 이야기이기도 합니다.”

린의 입에서 사형선고가 떨어지자 김창한이 비틀거리며 자리에서 일어났다.

이용욱과 수정 역시 고개를 푹 숙이고 김창한과 열을 맞추어 섰다.

린의 이야기가 끝나면 바로 고개를 숙이고 석고대죄하기 위함이었다. 기자들은 갑자기 일어난 세 사람에게 시선을 주었지만, 이내 단상 앞에 있는 린에게로 고개를 돌렸다.

그녀가 기자들의 시선이 자신에게 돌아오기를 기다렸다가 다시 입을 열었다.

“여러분 앞에 서 계신 세 분은 한국 유명 기획사 YDN 엔터테인먼트의 대표이사 이하 직원들입니다.”

기자들은 한국 내에서 활동하는 YDN 에 대한 사전 정보가 없었기에 급히 인터넷으로 검색을 하기 시작하며 웅성거렸다.

기자들 입장에서는 일 초라도 빨리 기사를 올려야 했기에 웅성거리면서도 린이 할 이야기를 유추하는 기자들이었지만,

어떤 검색 결과로도 팡타지오와 YDN의 연관성을 찾지 못했다. 웅성거림이 잦아들 무렵 다시 린이 말을 이었다.

"한국 유명 기획사인 YDN 엔터테인먼트는 블랙걸즈, B to C, ATP와 같은 걸그룹을 배출한 기획사입니다."

린의 말에 YDN 엔터테인먼트 소속의 모든 가수를 무너뜨리려 한다는 것을 눈치챈 김창한이 눈을 꾹 감고 손을 부들부들 떨었다.

수정 역시 자신의 소속 그룹인 ATP의 이름까지 언급되자 속으로 한국에서 기다리고 있는 멤버들에게 사과의 말을 되뇌었다.

모든 것을 포기한 듯한 세 사람을 본 린이 기자들을 향해 조금 높은 소리로 말했다.

"그리고 올해 11월, 드디어 여러분이 기대하셨던 케이의 첫 번째 정규 앨범이 발매될 예정입니다!"

YDN 엔터테인먼트에 대한 소개를 하다가 갑자기 케이의 정규 앨범 발매 이야기를 하는 린의 이상한 발표였지만, 기자들은 정규 앨범이라는 말에 부산히 타자를 치며 여기저기서 손을 들고 질문을 쏟아냈다.

"11월 며칠입니까? 정확한 날짜가 나왔습니까?"

린은 평소 기자들이 중간에 질문하는 내용에 대해 답을 해주지 않기로 유명했지만, 오늘은 무슨 바람이 불었는지 기자를 손으로 가리키며 답을 해주었다.

"날짜는 미정입니다. 10월 말경 정확한 날짜가 정해지면 공개하겠습니다."

또 다른 기자가 손을 들고 소리쳤다.

"정규 앨범이라면 몇 곡이 수록되어 있습니까?"

"네 곡입니다. 다음 분?"

"몬타나는 참여하지 않습니까? 근래 몬타나와 함께 활동하셨는데요."

"몬타나의 케빈, 시즈카 미야와키, 키스카 미오치치가 함께 하며, 곡 중 하나는 스넵 독과 네미넴이 피처링으로 참여합니다."

엄청난 뮤지션들의 이름이 흘러나오자 기자들이 크게 웅성거렸다.

"스넵 독, 네미넴이란 말씀입니까?"

"네, 그리고 그들이 참여하는 곡의 프로듀서는 닥터 브레가 맡았습니다."

닥터 브레의 이름까지 호명되자 기자들의 웅성거림이 더 커지며 바로 전화기를 들고 통화를 하는 기자까지 나왔다.

평소 기자회견 장이 너무 소란스러워졌을 때 진정을 시키던 린이었지만 이상하게 아무 말 없이 기자들을 보고 있던 린이 한참 시간이 지난 후 물었다.

"또 질문 있으십니까?"

여러 기자가 손을 들었지만 린이 지목한 기자는 한 명이었다. 안경을 쓴 독일계 기자가 정식 발언권을 받았기에 자리에서 일어나며 죄인 같이 서 있는 세 사람을 가리켰다.

"아까, 한국의 YDN 엔터테인먼트의 세 분을 소개해 주신 후에 케이의 정규 앨범 이야기가 나오는 바람에 맥락이 끊어졌는데, 세 분은 왜 저곳에 있는 겁니까?"

린이 세 사람을 바라본 후 입을 뗐다.

"케이의 이번 정규 앨범에는 댄스 음악이 있습니다. 제목은 '바람의 노래'이며, 댄스 음악 강국인 한국의 음악을 연구하고 있었습니다."

기자들이 조용히 린의 말에 집중하자, 올 것이 왔다고 생각한 김창한이 한 걸음 앞으로 나서며 허리를 굽힐 준비를 하였다.

린이 차가운 표정으로 셋을 바라보다가 다시 기자들을 보며 미소를 지었다.

"피처링을 맡을 뮤지션에 대해 케이의 고민이 깊었습니다. 그러다 몇몇의 한국 뮤지션에게서 가능성을 보았고, 우리는 그들을 우리 회사로 영입하기로 결정했습니다만, 그들은 이미 데뷔를 한 그룹이었기에 진행이 어려운 상황이었지요."

허리를 숙이려던 김창한의 눈이 번쩍 뜨이고, 고개를 획 돌린 그가 린을 보았다.

"케이가 찾아낸 두 명은 여기 YDN 엔터테인먼트의 소속 가수인 윤정과 진연이었습니다. 그리고 여기 계신 김창한 대표님께서는 두 사람의 미래를 위해 우리에게 가수를 양보해 주시기로 하였습니다. 이는 이미 데뷔를 한 걸그룹의 가치를 포기하고 가수의 미래를 먼저 생각한 결정으로 박수를 받아 마땅한 행동이었습니다. 이 자리를 빌어 돈보다 가수의 인생을 먼저 생각해 준 김창한 대표님께 감사의 인사를 보냅니다."

린이 김창한을 보며 천천히 박수를 보내자, 기자들 역시 박수를 보냈다. 한두 명씩 보내던 박수는 누군가가 기립해 박수를 치며, 전체에게로 퍼져나갔고, 사업보다는 사람을 먼저 생각하는 사업가에게 기자들은 진심 어린 박수를 보냈다.

갑자기 자신들에게 쏟아지는 박수를 보며 어안이 벙벙해진 세 사람이 멍하게 서 있자, 린이 프레젠테이션 화면을 켰다. 그곳에는 프로필로 구비해 둔 윤정과 진연의 아름답고 귀여운 모습이 있었다.

기자들이 끊임없이 플래시를 터뜨리며 케이의 첫 번째 신데렐라의 탄생을 세상에 알렸다.

수 없이 터지는 플래시 불빛을 멍하게 바라보던 김창한의 눈에 기자석 맨 뒤에 팔짱을 끼고 웃고 있는 건이 보였다.

분명 자신을 원망하고 이를 갈고 있어야 할 그가 선한 웃음으로 자신을 보고 있는 것을 확인한 김창한의 눈에서 진심 어린 눈물이 흘러내렸다.

자신들의 박수에 감격했다고 생각한 기자들이 그런 김창한에게 플래시를 터뜨렸고, 그는 기자들이 아닌 건을 향해 정중히 허리를 숙였다.

이용욱과 수정 역시 건을 발견하고 놀란 눈을 하다가 김창한이 허리를 숙이자 눈물을 흘리며 함께 허리를 깊숙하게 숙였다.

♪♪♩

윤정과 진연의 팡타지오 합류로 인해 수많은 기사가 쏟아져 나왔다. 영문도 모르고 죄인처럼 팡타지오의 사무실, 손린 이사의 방에 불려온 윤정과 진연은 손을 바들바들 떨며 핸드폰으로 기사를 보고 있었다.

[케이의 신데렐라! 한국의 뮤지션 윤정, 진연 팡타지오 합류!]

AM 08 : 11 김지영 기자.

지난 주말, 팡타지오의 손린 이사는 갑작스러운 기자회견을 진행하여 팡타지오의 신규 가수로 한국의 윤정, 진연을 낙점했다고 밝혔다.

연예기획사에서 새로운 가수를 영입하는 것이 무슨 놀라운 일이냐라는 질문을 할 수 있겠지만, 두 사람은 케이의 신데렐라였다.

11월 말에 발표 예정이라는 케이의 신규 앨범은 기존 싱글 앨범과 다른 정규 앨범으로, 총 네 곡이 수록되어 있다는 손린 이사의 발표가 있었으며, 윤정과 진연은 이 앨범 중 한 곡에서 피처링을 맡게 되었다.

무엇보다 놀라운 것은 케이가 한국의 댄스뮤직에 관해 연구하였고, 자신의 앨범에서 시너지 효과를 낼 뮤지션으로 두 사람을 낙점했다는 것이다.

이는 두 사람의 잠재력이 기존에 평가되었던 소속 걸그룹에서 보여준 것과 다를 수 있다는 것이다. 윤정이 소속된 그룹인 블랙걸즈는 데뷔 4개월 차의 신인 댄스그룹으로 '마지막 노래처럼'이라는 곡은 한국 내 차트 30위권 문턱을 넘지 못한 걸그룹이었다. 진연이 소속된 그룹은 B to C로 역시 데뷔 3개월 차, '웃는 남자'라는 곡으로 한국 내 차트 41위에 랭크된 바 있는 그룹이다.

한국 내에서도 큰 인기를 얻지 못한 걸그룹에게서 케이는 어떤 가능성을 보았을지, 왜 그녀들을 영입했는지 귀추가 주목되고 있으며, 유튜브를 통해 그녀들의 과거 활동 모습이 담긴 영상은 조회 수가 매시간 만 건 이상 치솟고 있다.

Copyrights © P헤럴드POP 무단 전재 및 재배포 금지.

윤정이 유튜브를 실행하자, 핫 클립 비디오로 블랙걸즈와 B to C의 영상이 올라와 있었고, 연관 영상으로 그녀들의 활동 영상이 짜집기된 것과 예능에서 활약했던 영상들이 올라와 있었다.

특히 활동 중 그녀들의 직캠은 기존 조회 수 만 건 이하에서 기사가 나온 지 3시간 만에 무려 7백만 건이 올라 있는 상태였다.

순식간에 지옥에서 천국으로 온 기분이 된 윤정이 손을 떨며 핸드폰을 테이블 위에 올리고 뭔가에 홀린 듯한 표정으로 중얼거렸다.

"이게…… 어떻게 된 거지?"

진연 역시 정신을 차리지 못했는지 여전히 핸드폰을 손에서 놓지 못하며 물었다.

"우리가…… 팡타지오 소속이 되었다고? 대표님이 우리를 위해 팡타지오와의 계약에서 위약금 없이 우릴 놓아주겠다고 했다니, 이게 무슨 말이야. 그럴 사람이 아니잖아."

윤정이 한숨을 쉬며 고개를 저었다.

"나도 모르겠어. 뭐가 어떻게 돌아가는 건지……."

진연이 윤정을 지그시 바라보다가 핸드폰을 놓고 팔짱을 끼었다.

잠시 말없이 핸드폰을 바라보던 진연이 자신의 볼을 꼬집어보며 눈에 눈물방울을 매달았다.

"이씨! 안 아프잖아? 이거 꿈인가? 윤정아 나 볼 좀 꼬집어

줘 봐. 세게!"

윤정이 볼을 늘이며 울기 직전의 표정을 한 진연의 볼을 꼬집으며 말했다.

"안 아파? 이래도, 이래도? 아파야 해 계집애야, 빨리 아프다고 말해."

"아야야야! 아, 아파!"

진연의 볼이 빨갛게 될 때까지 꼬집은 윤정이 자신의 볼을 내밀며 말했다.

"나도 꼬집어줘."

"이씨! 이리 와!"

"아아악! 아! 아프다! 아프다고! 에헤헤헤! 아프다!"

누가 보면 미친 것 같은 행동을 하는 두 사람이 마주 웃기 시작했다.

어찌나 기뻤던지 눈물까지 흘리며 기뻐하던 두 사람이 자동문이 열리는 소리에 반사적으로 입구를 보자, 무표정한 린과 미소를 짓고 있는 건이 서 있었다.

누가 먼저랄 것도 없이 벌떡 일어난 두 사람이 건에게 달려가 안겼다.

"오빠, 흐에에엥!"

"오빠, 오빠! 미안해요, 그리고 고마워요!"

훌쩍거리며 양쪽에서 자신의 팔을 붙잡고 안긴 두 사람을 미소 지으며 보던 건이 그녀들의 머리를 쓰다듬어 주며 말했다.

"이제 여기가 너희들의 새로운 둥지야. 궤도에 올라올 때까지는 내가 도와줄 거야. 잘 해보자."

두 사람이 눈물을 흘리며 정신없이 고개를 끄덕이자, 셋을 보고 있던 린이 자리를 권했다.

"앉아서 이야기하시죠."

감격한 두 소녀가 발을 떼지 못하자 건이 두 사람의 등을 떠밀어 자리에 앉게 했다.

건에게서 떨어지지 않는 두 사람 덕에 여전히 양팔을 소녀들에게 내어주고 가운데 앉게 된 건이 미소를 짓자, 다시 자동문이 열리며 클라라가 두꺼운 서류를 가지고 들어왔다.

"이사님, 준비되었습니다."

"네, 고마워요."

클라라가 묵례를 한 후 건에게 눈인사를 건네고 나가자, 린이 서류를 넘겨보며 말했다.

"두 사람의 기존 계약서 원본입니다. YDN의 것이죠."

계약 이야기가 나오자 윤정과 진연이 마른침을 삼키며 린을 주시했다.

무표정하게 계약서를 읽어 보던 린이 눈살을 찌푸렸다.

"불공정 계약을 하셨군요, 계약 기간 10년에 기획사와의 이

익 배당이 팔 대 이? 이건 노예계약 수준이군요. 왜 이런 계약을 하셨죠?"

윤정과 진연이 쉽게 답하지 못하자 린이 고개를 들어 정확히 윤정 한 사람을 찍어 물었다.

"윤정 씨? 답해보세요."

자신을 지목하며 묻자 답을 안 할 수 없었던 윤정이 조심스럽게 말했다.

"저…… 한국은 연습생 생활이 길어요. 이때 밥값이나 활동비로 약간의 돈이 나오거든요. 월급까지는 아니고 차비 정도 되는 돈인데, 그것도 회사의 투자이고 또 활동 초기에 무한정으로 들어가는 마케팅비 역시 회사의 투자이기 때문에 투자금액 회수 차원에서 대부분이 그런 계약을 하곤 해요."

윤정의 말에 용기를 낸 진연도 한 술 거들었다.

"인기가 있으나 없으나 기간은 같아요, 걸그룹으로 10년이나 활동하는 그룹은 드무니까, 행사나 연기로 전환을 해서 10년을 버티고 나서야 제대로 된 돈을 받을 수 있어요, 저희들에게 투자를 해주는 회사에 대한 예의라고 볼 수 있죠."

듣고 있던 건이 고개를 갸웃하며 말했다.

"음? 투자는 투자자가 가능성이 있는 사업 아이템에 투자하는 것이고, 수익이 나면 이익 배당을 받는 구조일 텐데, 왜 투자에 대한 리스크를 뮤지션에게 부담하게 하는 거지?"

한국에서 데뷔와 활동을 한 윤정과 진연에게는 모두가 그리 하는 당연한 문제였기에 건의 말에 답할 말을 찾지 못하고 우물쭈물하는 그녀들이었다.

그 모습을 가만히 바라보고 있던 린이 짧은 한숨을 쉰 후 계약서를 찢었다.

찢어져 버린 계약서를 멍하게 바라보는 두 사람에게 새로운 계약서를 내민 린이 눈짓하며 말했다.

"기존 계약서 무효 협의가 끝났습니다. 새로운 계약서니 읽어 보세요."

신줏단지 모시듯 두 손으로 계약서를 받아 두 사람이 계약서가 찢어질까 걱정이라도 되는 듯 조심스럽게 한 장씩 계약서를 보기 시작했다.

기존 계약서와 별다를 것이 없는 처음 몇 장을 넘겨보던 진연이 눈을 크게 뜨고 고개를 들었다.

"저…… 이사님. 칠 대 삼 계약인데…… 이거 오타가 있는 것 아닌가요? 회사가 아니라 저희가 칠인데요……."

린이 진연을 가만히 보며 말했다.

"오타가 아닙니다. 케이는 팔을 가져가니까요. 여러분도 데뷔 삼 년 후부터 팔을 가져가게 되실 겁니다."

린의 말에 놀란 윤정이 계약서를 마구 넘겨 이율 배당 부분을 확인하고 놀란 눈으로 물었다.

"이…… 이런 계약을 해도 되는 건가요?"

린이 어깨를 으쓱하며 소파에 등을 묻었다.

"이런 계약을 해도 되는 것이 아니라, 여러분의 기존 계약서가 말도 안 되는 것입니다. 기획사는 뮤지션을 이용해 돈을 버는 곳입니다. 이용하기 위해 스스로의 돈을 쓰는 것이지요. 그것은 이용 가치가 투자 비용보다 비싸다는 판단하에 이루어지는 투자로 일종의 모험이기도 합니다.

실패했을 때 발생하는 리스크는 투자자가 감당해야지, 예술을 하는 뮤지션이 감당할 부분이 아닙니다."

데뷔를 하기 전 데뷔가 결정되기만을 기다리며 땀 흘려 연습했고, 윗사람들에게 잘 보이려 노력하며 데뷔가 결정되기만을 학수고대했던 두 사람은 데뷔 결정 후 눈물까지 흘리며 YDN 관계자들에게 감사의 인사를 했었다.

10년간 돈을 제대로 벌지 못해도 그때까지 연예인으로 버티고 있으면, 나중에는 큰돈을 벌 수 있다는 사람들의 말만 믿고 있었던 순진한 두 소녀는 지금 린이 하는 말을 들어본 적도, 생각해 본 적도 없었다.

조심스럽게 계약서를 내려놓은 윤정이 떨리는 목소리로 물었다.

"이렇게 하면…… 회사의 리스크가 너무 커지는 것 아닌가요? 저희는…… 한국에서도 성공했다고 말할 수 없는 성적을 받았어요. 우리가 세계 시장에서 통할 수 있을까요, 이사님?"

린이 안주머니에서 고급 만년필을 꺼내 내밀며 건을 눈짓했다.

"무슨 일이 있어도 성공시켜 줄 사람이 옆에 있잖아요?"

윤정과 진연이 동시에 가운데 앉아 웃고 있는 건을 보았다.

처음 만났을 때와 같이 따뜻한 미소를 짓고 있는 건을 보던 두 소녀가 눈물방울을 매달고 그의 팔에 매달렸다.

"오빠……."

"흐흑, 오빠……."

건이 두 소녀에게서 팔을 빼 등을 토닥거리며 말했다.

"다 읽었으면 사인해야지. 사인할 때까지 아직 내 사람이 아니니까."

건의 말에 눈을 동그랗게 뜬 두 소녀가 앞을 다투어 계약서에 사인을 하자, 린이 자리에서 일어나며 손을 내밀었다.

"팡타지오에 오신 것을 환영합니다, 윤정, 진연 씨."

윤정과 진연이 함께 일어나며 린의 손을 두 손으로 맞잡으며 허리를 숙였다.

"잘 부탁드립니다. 그리고 너무 감사합니다, 이사님."

"감사는 건 씨에게 하세요. 두 분은 지하 2층 연습실을 배정받을 것입니다. 아, 녹음은 건 씨의 층에서 진행될 것이니 경호실에 연락해 두 분 출입증에 케이 플로어의 출입이 가능하도록 조정해 두겠습니다. 건 씨? 두 분에게 연습실을 좀 보여주시겠어요?"

건이 자리에서 일어나며 두 사람의 어깨를 둘렀다.

"자, 그럼 연습할 곳으로 가 볼까?"

해맑게 웃으며 연습실로 가려는 엘리베이터 안, 지하로 내려가려던 세 사람이 3층에서 선 엘리베이터에서 클라라를 마주쳤다.

클라라는 엘리베이터에 올라타지 않고 무언가를 내밀며 웃었다.

"계약이 끝났나 보군요, 윤정 씨 진연 씨. 이것 받으세요."

작은 봉투 두 개를 건네준 클라라가 건을 보며 웃었다.

"연습실로 가시는 것이죠? 그럼 이건 건 씨가 설명해 주시겠어요?"

"네, 클라라 그럴게요. 일 보세요."

"호호, 부탁드립니다."

엘리베이터 문이 닫히자 윤정과 진연이 봉투를 열어보았다. 검은색 신용카드 한 장이 아무런 설명이 적히지 않은 채 봉투에서 빠져나오자 의문스러운 눈으로 카드를 든 윤정과 진연이 건을 보았다.

눈웃음을 지은 건이 자신의 지갑에서 똑같은 카드 한 장을 꺼내며 말했다.

"그건 너희들이 필요한 것을 사는 데 쓰라고 주는 카드야. 일단 한도는 없는데 적당히 쓰도록 해. 너무 많이 쓰면 눈치 보이니까. 그리고 클라라가 지금 집도 알아보고 있으니까 한국 집에 연락해서 필요한 짐은 보내달라고 하고."

건의 손에 자신들과 동일하게 생긴 카드가 들려 있는 것을 본 윤정과 진연이 감격에 겨운 눈빛으로 소중하게 카드를 품에 안았다.

물론 그녀들은 건의 카드 한도가 자신들과 천 배 이상의 차이가 있다는 것은 눈치채지 못했다.

◈ 5장 ◈
바람의 노래

지하에 있다던 연습실은 윤정과 진연의 기대보다 훨씬 멋진 시설을 가지고 있었다.

YDN 은 한국에서 거대 기획사에 속하지만 많은 걸그룹들이 연습을 해야 했기에 한정된 공간에 여러 개의 연습실을 만들어야 했다. 그런 연유로 보통의 걸그룹 연습실은 천장이 낮고 답답한 느낌이 있었다.

하지만 팡타지오는 댄스뮤직을 하는 뮤지션들이 전무했기에 윤정과 진연이 전세를 낸 듯 사용할 수 있었다.

지하의 연습실이라고는 믿어지지 않을 만큼 높은 천장에 따뜻한 나무로 인테리어된 공간은 전면뿐 아니라, 소파와 휴게 공간이 있는 한 면을 제외한 삼면이 모두 거울로 이루어져 어디로 눈을 돌려도 자신이 추고 있는 춤을 볼 수 있었다.

휴게 공간에는 거대한 냉장고와 카페테리아, 소파 등이 있어 마치 카페와 같이 아름다운 인테리어로 장식되어 두 소녀를 기쁘게 하였다.

호들갑을 떨며 꺅꺅거리는 소리를 내는 두 소녀가 마구 뛰어다니며 연습실을 구경하다가, 충분히 구경을 마쳤는지 소파에 털썩 주저앉으며 환하게 웃었다.

"오빠! 시설 진짜 좋아요. YDN도 다른 회사에 비해 시설이 좋은 편이라고 들었는데 여기는 더 엄청 나네요, 헤헤."

신난 표정의 진연을 보며 마주 웃어준 건이 연습실을 둘러보며 말했다.

"너희는 좋겠다. 난 춤은 진짜 형편없거든."

윤정이 건도 못 하는 것이 있다는 것이 신기하다는 눈빛으로 말했다.

"오빠 춤 못 춰요? 리듬감이 그렇게 뛰어나시면서 어떻게 춤을 못 출 수가 있어요?"

건이 뒤통수를 긁으며 계면쩍게 웃었다.

"응, 실은 배워보려고 하긴 했는데, 몸이 안 따라 주더라고."

진연이 건의 손을 잡아끌며 말했다.

"우리가 알려줄게요, 자 일어나 봐요. 이래 봬도 연습생 생활만 5년을 했다고요. 한국에서 내로라하는 안무 선생님들께

지도받았던 것 그대로 트레이닝하면 오빠도 할 수 있을 거예요. 자, 따라 해보세요."

진연이 거울 앞에 서서 간단한 스텝을 보여주었다.

일명 토끼 춤이라 불리는 기본 스텝을 여러 번 반복해서 보여준 진연이 자신을 따라 하는 건의 모습을 보고 폭소를 터뜨리며 바닥에 쓰러졌다.

"꺄하하하하하, 그게 뭐예요!"

로봇같이 이상한 동작으로 삐걱대던 건이 머리를 긁었다.

"아니…… 난 이쪽은 재능이 없는 것 같아. 하하."

윤정 역시 소파를 구르다시피 하며 웃고 있다가 자리에서 일어나 다가오며 물었다.

"그런데 우리 연습은 언제 시작해요? 빨리해 보고 싶은데."

건이 허리춤에 손을 올리며 고개를 저었다.

"아직 음악의 뼈대만 나와 있는 상태라 연습하기는 어려워. 아직 연구가 좀 더 필요하거든."

진연이 바닥에 주저앉은 채 너무 웃어서 배가 아픈지 복부를 쓰다듬으며 물었다.

"아, 배 아파. 히히, 무슨 연구요? 아, 하긴 오빠 춤을 못 춰서 클럽 댄스 음악 만들기가 어렵긴 하겠다."

"응, 안 그래도 뭐가 포인트인지 잡기가 어려워서 한국 음악들을 연구했던 건데, 뭐가 포인트인지 전혀 모르겠더라고."

윤정이 입술을 내밀며 고민에 잠겼다.

자신들에게 갚을 수 없는 은혜를 베풀어준 건에게 조금이라도 도움이 되기 위해 머리를 굴려보던 윤정이 문득 물었다.

"그런데 오빠, 클럽에는 가보셨어요?"

건이 눈을 굴리며 말했다.

"음…… 비비킹 클럽은 자주 가지."

진연이 입을 가리며 웃었다.

"그런데 말고요, 오빠. 진짜 춤추러 가는 클럽 말이에요, 거긴 블루스 클럽이잖아요, 공연 보는 곳."

"으음…… 없어."

"에엑? 클럽에 가본 적도 없는데 클럽 댄스 음악을 어떻게 만들어요!"

"가, 가봐야 하는 거야?"

"당연하죠, 오빠!"

"그, 그래? 그럼…… 가볼까?"

"히히! 오늘 당장 가요! 지금은 좀 이르니까, 이따 9시쯤 가면 딱 좋을 거예요."

"으응…… 알았어."

"내가 케이 오빠랑 클럽에 가다니! 으헤헤! 꿈 아니겠지, 윤정아?"

윤정 역시 신난다는 표정으로 박수를 쳤다.

"웅! 나도 안 믿겨. 오빠 오늘 꼭 가는 거예요, 아셨죠?"

"으응… 알았어. 가자. 그런데 린 이사님한테 말해야 할 것 같은데."

윤정과 진연은 이제 막 팡타지오와 계약했기에 한국의 사고방식에서 벗어나지 못했는지 순식간에 표정을 어둡게 바꾸었다.

"히잉…… 그렇겠죠? 허락해 주실 리가 없지요."

"괜히 들떴네, 힝."

건이 무슨 소리냐는 듯 고개를 갸웃했다.

"무슨 말이야 그게?"

진연이 볼을 부풀리며 말했다.

"이사님이 클럽 가는 것을 허락해 주실 리가 없잖아요, 괜히 거기 가서 사진이라도 찍히면 이미지에 안 좋을 테니까요."

"응? 이미지가 왜 안 좋아져?"

"아오, 이 오빠. 자 봐요, 남자도 아니고 여자가 클럽 가서 춤추고 있으면 사람들은 그 사람의 평소 행실이 방탕할 거라는 이미지를 받게 돼요. 남자는 일부러 나쁜 남자 이미지나 잘 노는 남자 이미지를 가지려고 의도적으로 클럽에서 술 마시며 춤추는 영상을 흘리기도 하지만 여자는 안 된다고요, 얼마 전에도 한국에서 클럽 가서 노는 아이돌이 파파라치에 찍혀서 한참 근신 당했거든요."

건이 어깨를 으쓱하며 말했다.

"무슨 말인지 모르겠네. 남자는 하면 되는데 여자는 안 돼? 세상에 그런 게 어디 있어? 담배를 피우든 술을 마시든 남자가 하는 일인데 여자는 못 한다는 게 말이 되니? 건강에 안 좋아서 하지 말라는 거면 몰라. 여긴 한국이 아니야, 애들아. 아무도 그런 것으로 문제 삼지 않으니 걱정하지 마. 이사님도 별말 없으실 거야."

"그 말이 맞습니다."

갑자기 들려온 린의 목소리에 화들짝 놀란 두 소녀가 린과 함께 들어오는 동양인 여성을 보았다.

린이 자신을 보며 미소 짓는 건에게 말했다.

"클럽에 가시려고요? 그럼 경호원 몇 명만 붙이겠습니다."

"네, 알겠어요, 이사님. 그런데 뒤에 분은 누구세요?"

동양인 여성은 건이 자신 앞에 있다는 것이 신기한지 동경에 찬 눈으로 입을 가리고 있었다.

린이 그녀를 힐끔 본 후 윤정과 진연을 고갯짓하며 말했다.

"아직 음악이 완성되지 않아 연습이 안 되니까, 데뷔 전에 해결할 것을 진행해야지요."

"해결할 것이요? 뭔데요?"

"영어 교육입니다. 윤정, 진연 씨는 오늘부터 하루 10시간씩 영어 회화를 공부하게 될 겁니다. 11월 데뷔 전에 의사소통이 가능한 수준으로 끌어올려야지요."

공부를 가장 싫어하는 두 사람이 날벼락이라도 맞은 표정으로 울상을 지었다.

건이 웃음을 지으며 고개를 푹 숙인 두 사람을 위로하는 듯 어깨를 토닥거렸다.

"자, 그럼 클럽 가기 전에 공부 열심히 해."

구해달라는 눈빛을 보냈지만, 감히 린의 앞에서 그런 말을 할 수 없는 두 사람이 포기한 듯 어깨를 축 늘어뜨렸다.

영어 선생님에게 잘 부탁한다는 말과 함께 악수를 청한 건이 린과 함께 연습실을 나서 자신의 방으로 돌아갔다.

닫히는 연습실 문 안에 있는 두 소녀가 건에게서 눈을 떼지 못하고 계속 구해달라는 눈빛을 보내는 것을 웃으며 무시해 버린 건이 자신의 층으로 돌아와 키스카가 써준 바람의 노래 가사를 물끄러미 보았다.

다가와 몸을 비비며 애교를 피우는 루시에게 한 손을 내준 건이 자신의 손을 가지고 장난치며 노는 루시의 따뜻한 온기를 느끼며 중얼거렸다.

"음…… 포인트를 모르겠단 말이야. 클럽에 간다고 이게 깨달아지려나…… 그래도 뭐 안 가보는 것보다야 낫겠지만."

컨트롤박스에 앉아 Cubase 프로그램을 돌려보던 건은 어느새 집중하게 되어, 시간이 흐르는지도 모르고 음악 작업에 빠져들었다.

중간에 애매한 부분이 있어 한국 뮤지션들의 CD를 몇 개 찾아서 들어본 것 외에는 모니터에서 눈을 떼지 않던 건이 자동문 열리는 소리에 고개를 돌렸다가 함박웃음을 지었다.

다크서클이 늘어져 눈 밑이 검게 변한 두 소녀가 어깨를 축 늘어뜨리고 들어오고 있었다.

"하하, 공부는 어땠어?"

말도 말라는 듯 답도 없이 손을 휘휘 저은 진연이 소파로 가 털썩 주저앉았다.

"아…… 공부 진짜 싫다."

윤정 역시 지쳤는지 눈을 비비며 하품을 했다.

"그러게, 그래도 선생님은 제대로 구한 것 같아. 힘들긴 해도 배우는 재미는 있더라."

건이 소파로 와 앉으며 말했다.

"아까 린 이사님께 들었는데 그분 하버드 재학생이래. 그것도 문과야. 제대로 된 선생님이라 꽤 비싼 비용을 지불한 것 같으니 열심히 하고."

진연과 윤정이 대답할 기운도 없다는 듯 소파에 축 늘어져 있는 것을 본 건이 웃음을 지으며 냉장고에서 음료수를 꺼내 내밀었다.

"어서 마시고, 이제 클럽 가야지?"

건의 입에서 클럽이라는 말이 나오자 생기를 잃었던 두 소녀의 좀비 같은 눈빛에 힘이 돌아왔다.

음료수를 따 벌컥벌컥 마신 진연이 테이블 위에 음료수병을 탁 소리 나게 올려두며 외쳤다.

"그래! 일할 때 일하고 쉴 때 쉬는 여성이 아름다운 법이지! 윤정! 오늘 밤을 불사르자!"

"오케이! 오빠 오늘 제대로 놀 각오하세요!"

"하하, 알았어. 얼굴은 가리고 가야 하니까 모자랑 마스크 잘 쓰고. 그럼 가볼까?"

"네, 오예!"

팡타지오 주차장으로 내려온 세 사람이 대기하고 있던 차량에 올라타자, 경호 인력이 탄 차량 한 대가 더 붙었다.

린이 미리 괜찮은 클럽을 섭외해 둔 것인지 차는 어디를 간다는 말도 없이 출발해 약 이십 여분을 달렸다.

멀리서부터 쿵쿵거리는 베이스 음악이 울리는 클럽 입구에 약 오십여 명의 사람들이 줄을 늘어서 있었다.

건의 차가 오자 사람들이 시선을 집중했고, 차에서 모자와 마스크로 얼굴을 가린 세 사람이 내리자 사람들은 더욱 궁금했는지 고개를 내밀며 셋을 보았다.

"뭐야, 연예인인가?"

"그런가 봐. 클럽 오는데 얼굴을 가릴 이유가 그것뿐이잖아."

"유명한 사람들이면 사진이라도 찍고 싶네. 뭐 저렇게 꽁꽁 얼굴을 가렸지?"

사람들의 웅성거림 속에 서 있던 세 사람이 뒤에 주차한 차에서 내린 경호원이 클럽 직원에게 다가가 이야기하는 것을 멀뚱히 보고 있었다.

직원은 미리 언질을 받았는지 경호원의 말을 듣고는 얼굴이 확 밝아져 뛰어왔다.

"저희 클럽에 와주셔서 정말 감사합니다, 케이. VIP실로 준비해 뒀습니다."

"아, 고맙습니다."

"자, 이쪽으로 오시지요."

줄도 서지 않고 바로 입장하는 세 사람이었지만 연예인이니 그런가 보다 하는 손님들은 별말이 없었다.

지하로 내려가 어두운 조명과 자욱한 연기 속에서 음악에 몸을 맡기고 춤을 추는 사람들이 입장하는 세 사람이 누군지도 모르고 단지 즐거운 마음에 하이파이브를 하자고 손을 들었다.

건이 웃으며 하이파이브를 해주자 자신들에게 맞장구를 쳐주어 좋았던지 사람들이 건의 몸을 툭툭 치며 반가워했다.

VIP룸으로 이동한 건이 자리에 앉자 술과 안주가 바로 준비되었고, 룸 안에 비치된 모니터로 홀의 모습이 보였다.

소파에 앉아 모니터를 보고 있는 건에게 두 소녀가 말했다.

"오빠! 우리 나가서 놀아요!"

건이 손사래를 치며 말했다.

"아냐, 난 잠깐 여기서 사람들 좀 관찰할게, 놀러 온 게 아니니까."

"잉! 그럼 우리끼리 놀 거예요, 모니터로 우리 봐주기에요!"

"하하, 알았어. 다녀와."

두 소녀가 나가자 커다란 소리로 울려 퍼지는 클럽 음악을 들으며 모니터를 보던 건이 모니터 속에서 신나게 춤을 추고 있는 두 소녀를 보고 웃었다.

잠시 사람들이 음악에 몸을 맡기고 춤을 추는 모습을 바라보던 건이 이상한 광경을 보고 표정을 달리했다.

"응? 왜 사람들이 춤을 중간에 멈추는 거지?"

모니터 속 사람들은 신나게 춤을 추다가 일제히 춤을 멈추고 건들거리며 리듬만 타고 있었다.

신나게 셔플 댄스를 추다가 스텝을 달리해 리듬만 타고 있는 것은 두 소녀도 마찬가지였다.

뭔가를 준비하는 듯 서로 눈을 마주치며 웃던 그녀들은 그 사이에 손에 든 맥주를 한 모금 마시거나 주위에서 춤을 추고 있는 사람들을 보았다.

다른 사람들도 마찬가지로 주위의 눈치를 보며 술을 마시거나, 이성에게 추파를 보내고 있었다.

모니터에서 눈을 떼지 못한 건이 고개를 갸웃했다.

"음악이…… 달라졌다?"

음악은 폭발력을 가지다가 다시 BPM을 줄였다. 그리고 일정 시간이 흐른 후 다시 폭발했고, 그때마다 사람들은 미친 듯이 춤을 추다가, 다시 멈추고 주위 눈치를 보았다. 건이 턱을 쓰다듬으며 생각에 잠겼다.

"음…… 클럽 댄스라도 음악에 뼈대는 필요하니 기승전결을 두었겠지, '전'에 해당하는 부분에만 춤을 추는구나, 사람들은……. 그런데 왜 이렇게 만들었지?"

건은 자리에서 꿈쩍도 하지 않고 노래 네 곡이 끝날 때까지 모니터를 보았다.

춤을 추는 두 소녀는 당연히 주위의 주목을 받았다. 아이돌로서 댄스 연습만 5년 이상 한 소녀들의 춤은 다른 손님들과는 확연히 달랐고, 큰 동작으로 리듬을 타며 추는 춤은 딱히 정해진 안무가 아니었지만, 사람들의 주목을 끌기에 충분했다.

어느새 두 소녀를 둘러싼 손님들이 소녀들에게 환호를 보내자, 두 소녀는 함박웃음을 지으며 더 신나게 춤을 추었다.

하지만 어느 클럽이나 그렇듯 작업을 걸어오는 남자들 덕에 구석으로 밀려난 소녀들은 건의 경호원에 의해 남자들에게 풀려나 황급히 방으로 돌아왔다.

모니터로 그 모습을 지켜보던 건은 겁먹어서 들어올 것이라 생각했던 두 소녀가 밝은 얼굴로 들어오는 것을 보고 의아한 눈으로 물었다.

"안 무서웠어?"

진연이 목이 말랐는지 음료를 단숨에 들이마신 후 웃었다.

"클럽이 다 그렇죠, 뭐. 헤헤."

윤정 역시 이런 것이 익숙한 듯 땀을 식히며 자리에 앉았다. 그런 둘을 물끄러미 보던 건이 물었다.

"궁금한 게 있는데, 춤추다가 왜 중간에 멈추고 주위를 보는 거야?"

진연이 웃으며 말했다.

"클럽에 오는 사람들은 놀러 오는 거잖아요. 놀러 오는 이유 중에는 이성 친구를 만나려고 하는 목적도 존재하니까 일종의 스캔을 하는 거죠."

"스캔?"

"네, 스캔. 괜찮은 이성이 어디 없나, 내가 어디쯤에서 춤을 춰야 돋보여서 이성이 관심을 보여줄까, 뭐 이런 거예요."

"에에? 너희들도 그랬어?"

"아뇨, 헤헤. 우리는 아이돌 연습생이라 연애는 완전히 금지되어 있어요. 그냥 보는 거죠. 다른 사람들도 그러니까."

건이 조금 진중한 표정으로 물었다.

"그러니까…… 다른 사람들은 왜 그러는데? 아까 보니까 모두 동시에 그러던데."

이번에는 윤정이 답했다.

"계속 춤을 출 수 있는 음악이 아니니까요. 모든 음악은 중간에 쉬어가는 부분이 있잖아요. 그때 스캔을 하니까, 같은 타이밍에 일제히 그러는 거예요."

건이 잠시 생각을 해본 후 다시 물었다.

"춤을 추다가 중간에 끊기면 짜증 나지 않아?"

윤정이 그런 생각은 해본 적이 없었는지 잠시 생각해 보다가 어깨를 으쓱했다.

"어쩌겠어요, 계속 춤출 수 있는 음악을 들어본 적은 없는걸요. 댄스 음악도 뻐대가 있고, 스토리가 있는데 계속 폭발하는 곡은 없잖아요."

건의 표정이 진지해졌다.

"으음…… 그렇단 말이지?"

진연이 벌떡 일어나며 건의 손을 잡았다.

"오빠, 그러지 말고 춤춰요! 여기서도 춤출 수 있잖아요, 자 따라 해봐요!"

셔플 음악에 맞춰 춤을 춰대는 진연을 보던 윤정이 까르르 웃으며 합류했고, 두 소녀에게 붙잡힌 건은 한 시간이 넘도록 땀을 흘리며 춤을 춰야 했다.

아무리 춰도 늘지 않는 춤 덕에 스트레스를 받은 건은 자신과 달리 오히려 스트레스를 풀고 있는 두 소녀를 물끄러미 보다가 소파에 앉아 맥주 한 모금을 마셨다.

"댄스 음악에도 뼈대가 있고 스토리가 있기에, 중간에 춤을 멈춰야 한다…… 그렇단 말이지?"

조그맣게 중얼거린 건이 잠시 생각에 잠기자, 그 꼴을 보지 못한다는 듯 다시 건의 손을 잡아끈 두 소녀가 다시 신나게 춤을 췄다.

식은땀을 흘리며 두 소녀에게 장단을 맞춰준 건이 그녀들에게서 벗어난 것은 새벽 한 시가 넘은 시간이었다.

다음 날. 아침 9시에 사무실로 온 윤정과 진연이 오전 내내 영어 수업을 받고 이미 지쳐 버린 몸으로 테이블에 엎드렸다.

점심시간이므로 한 시간 뒤에 보자며 나간 선생님의 뒷모습을 원망스러운 눈으로 보던 진연이 엎드린 채 볼펜으로 공책에 낙서를 끄적거리며 말했다.

“와…… 차라리 춤 연습 열 시간을 하는 게 덜 힘들겠다.”

윤정 역시 목이 뻐근했는지 연신 목덜미를 주무르며 고개를 끄덕였다.

“그러게 말이야. 점심 뭐 먹을래?”

진연이 고개를 들며 말했다.

“케이 오빠한테 가서 같이 먹자고 할까?”

“좋아! 가자!”

갑자기 힘이 났는지 쪼르르 달려가 엘리베이터의 케이 플로어를 누른 두 사람이 4층에 도착해 내리자 방음시설이 잘되어 있는데도 불구하고 들려오는 음악 소리에 걸음을 멈췄다. 잠시 음악을 들어보던 윤정이 말했다.

“이건…… 셔플인가?”

진연도 음악에 귀를 기울이다가 고개를 끄덕였다.

“응, 이거 업타운 펑크 같은 느낌이다. 그렇지?”

“응 그러네. 그런데 처음 들어보는 곡이야. 누구 음악이지, 좋은데?”

“들어가서 물어보자.”

자동문을 열고 케이 플로어에 들어온 두 사람의 눈에 큰 음악 소리 때문에 자신들이 들어왔는지도 모르고 작업에 열중하는 건의 뒷모습이 들어왔다.

건은 모니터에서 눈을 떼지 않으며 음을 찍고, 두 마디에 한 번씩 음악을 들어보며 뭔가를 수정하고 있었다.

"에엑? 이거 케이 오빠가 만들고 있는 곡이었나 봐."

"진짜? 대박, 완전 좋은데? 중독성이 최고야."

춤을 사랑하는 두 소녀가 건의 음악에 맞춰 몸을 흔들기 시작했다.

건의 뒷모습을 보며 춤을 추던 두 소녀가 한참 신나게 셔플 리듬에 맞춰 스탭을 밟다가 음악이 멈추자 소리를 질렀다.

"꺄악! 춤을 한 번도 안 멈추고 끝까지 췄어! 이런 음악은 처음이야!"

음악이 멈춘 상태에서 소녀들의 고함 소리가 들리자 건이 고개를 돌렸다.

"어? 벌써 수업 끝날 시간이야?"

윤정이 쪼르르 달려가 건의 한쪽 팔을 잡았다.

"아니요, 오빠! 점심 같이 먹으려고 왔어요, 그런데 이 음악은 무슨 곡이에요?"

진연 역시 달려와 건의 나머지 한쪽 팔을 붙잡았다.

"맞아요! 이 곡 무슨 곡이에요? 너무 좋아요, 오빠! 혹시 이게 바람의 노래에요?"

졸지에 양팔을 붙잡혀 체포되듯이 자리에서 일어난 건이 식은땀을 흘리며 고개를 저었다.

"아, 아니야. 그냥 습작으로 서너 곡 만들어본 거야, 테스트를 좀 해보고 제대로 만들려고."

윤정이 큰 눈을 깜빡이며 물었다.

"테스트요?"

"응, 테스트. 오늘도 밤에 클럽에 갈 건데, 같이 갈래?"

"꺄악! 진짜? 진짜, 진짜? 완전 좋아요!"

"호호호, 우리 오빠 클럽 빠돌이 되려나 봐! 가요, 가요!"

"하하, 알았어. 그럼 일단 점심부터 먹자."

"오빠, 오빠. 나 한식!"

"맞아! 김치찌개 같은 거!"

"하하, 알았어. 가자고."

두 소녀와 함께 인근 한식집에서 오랜만에 한식을 먹은 건은 다시 어깨를 늘어뜨리며 공부를 하는 소녀들을 웃으며 지켜보다가 다시 작업에 몰두했다.

어느새 밤이 찾아오고 8시가 넘어서야 다크서클을 늘어뜨리고 찾아온 두 소녀와 함께 어제 갔던 클럽으로 향했다.

VIP룸에 들어선 건은 홀에 나가 신나게 춤을 추는 두 소녀를 웃으며 바라보고 있다가, 문을 열고 들어오는 직원을 보았다. 직원은 정중히 다가와 묵례를 한 뒤 말했다.

"준비되었습니다."

"네, 감사해요. 지금 갈게요."

홀에서 춤을 추던 두 소녀는 오늘도 자신들에게 집중되는 시선을 느끼며 신나게 춤을 추고 있다가, DJ가 바뀌는 것을 힐끔 본 후 눈을 동그랗게 떴다.

먼저 DJ를 본 윤정이 진연을 툭툭 치며 말했다.

"진연아, 저거 케이 오빠 아니야?"

"어? 어디? 어라, 진짜네."

클럽에 오는 손님들의 대부분은 DJ 교체에 관심이 없지만, 일부 음악을 좋아하는 손님들은 유명한 DJ를 따라다니며 클럽을 즐기곤 했다.

이곳 역시 마찬가지였는지 DJ 부스 주변에 서서 맥주를 마시던 손님들이 얼굴을 가린 건을 보고 웅성거렸다.

"뭐야, 새로운 DJ인가?"

"에이, 난 리처드 디제잉이 좋은데 벌써 끝났나 봐."

"그러게, 좀 들어보고 아니다 싶으면 다른 곳으로 옮기자."

건이 턴테이블에 USB를 꽂고 기존에 재생되던 음악을 페이드아웃하며 새롭게 습작으로 만든 곡을 재생했다.

처음부터 신나는 셔플리듬으로 시작되는 음악이 들려오자, 춤을 추고 있던 손님들이 신나는 표정으로 맥주를 들어 올리며 환호했다.

"꺄아아아! 셔플이다!"

"그래, 클럽은 이런 음악이 나와야지! EDM은 춤추기 어렵다고!"

신나게 춤을 추던 사람들이 1분여가 지나자 서서히 DJ 부스로 고개를 돌렸다.

분명 이 정도 음악이 흐르면 쉬는 타이밍인데 이 음악은 쉬지 않고 계속 춤을 출 수 있도록 해주었기 때문이다.

스텝을 밟으면서도 궁금증에 DJ 부스 주변으로 모여든 손님들이 얼굴을 가린 건을 보며 춤을 추기 시작했다.

다음 곡도, 그다음 곡도 끊임없이 춤을 추게 만드는 건의 음악에 땀을 흘리며 무아지경으로 몸을 흔들어대는 사람들은 어느새 이성에게 추파를 던지거나 작업을 하던 것도 잊고 쉴 새 없이 춤을 추었다.

손을 올리며 호응을 유도하거나, 함께 몸을 흔드는 다른 DJ들과 달리 팔짱을 끼고 선글라스를 쓴 채 사람들을 관찰하는 DJ도 무척 흥미로웠고, 음악 자체가 너무나 신나고 끊임없이 달리게 해주었기에 사람들은 신이나 소리를 질렀다.

"으아아아아! 이거야, 이거! 오늘 음악 죽인다!"

"저 DJ 이름이 뭐래!? 나 저 사람 따라다닐 거야! 꺄아아아!"

"얼굴 다 가렸지만, 비율만 봐도 완전 초 훈남일 것 같아!"

평소 여기저기 흩어져 이성들과 이야기를 나누던 남자 손님들까지 전부 DJ 부스에 달라붙어 춤을 추고, 이전 스테이지와 다음 스테이지를 대기하고 있던 DJ들까지 모두 홀로 나와 건의 음악을 듣고 있었다.

그리고 그들 가운데에서 팔짱을 끼고 모자와 선글라스를 쓴 건의 미소가 짙어졌다.

클럽 사무실, 클럽의 사장으로 보이는 중년의 백인 남성이 모니터를 지켜보다가 손가락을 튕기자, 검은 정장을 입은 직원이 다가왔다. 사장이 모니터를 고갯짓하며 물었다.

"DJ 부스를 빌려주는 대가로 저 곡을 받기로 했다는 말이지?"

직원이 고개를 끄덕이며 함께 모니터로 눈을 돌렸다.

"팡타지오의 손린 이사가 직접 약속했습니다. 서면으로 남기지는 않았습니다만, 아무래도 정식으로 계약서를 남기는 것이 좋을 것 같습니다."

"그래, 내일이라도 당장 서면으로 남겨둬. 이거 그냥 케이 이름을 보고 협조해 주려던 마음이었는데 엄청난 선물을 받았군. 케이와 함께 온 소녀들까지 해서 VIP 리스트에 이름 올려두고, 앞으로 방문 시 술과 안주, 입장료는 모두 무료로 하도록 해."

"네, 보스."

"나가봐."

직원이 나가자 사무실에 혼자 앉은 사장이 깍지를 끼며 모니터에서 눈을 떼지 못했다.

만족스러운 웃음을 짓던 그가 맥주 한 모금을 마시다가 갑자기 눈을 크게 떴다.

황급히 맥주병을 내리느라 입가에 튄 맥주를 닦은 그가 모니터 속에서 팔짱을 낀 건의 모습을 보며 중얼거렸다.

"잠깐만…… 이런 음악이 습작이라고? 그럼 진짜 음악은 도대체 어떤 수준이라는 거야?"

♪♪♩

건은 그 후 일주일에 두 번 이상 클럽을 찾아 디제잉을 했다. 분명 같은 곡인데 매번 약간씩 달라지는 곡으로 인해 사람들의 반응은 매일 달랐다.

하지만 어느새 건의 디제잉 날짜를 파악한 사람들은 건이 무대에 서는 수요일과 금요일 밤 11시에 항상 클럽을 찾아왔고, 순식간에 퍼져나간 괴물 DJ의 소문은 뉴욕을 강타했다.

평소에도 인기가 많아 많은 대기 손님들을 받아야 했던 클럽은 수요일과 금요일 오후 세 시경부터 문을 열지도 않은 클럽 앞에 줄을 서고 있는 손님들을 보며 행복한 비명을 질렀다.

문제는 너무 많은 손님으로 인해 수용 불가한 수준의 관객이 밀려든다는 것인데, 건이 무대에서 내려오는 12시까지 입장하지 못한 손님들은 발만 동동 구르다가 12시가 지나면 다음 DJ가 올라옴에도 불구하고 발걸음을 돌려 버렸다.

하지만 사업 수완이 좋았던 클럽 사장은 12시 이후에 입장 고객에 한해 입장료 면제라는 새로운 룰을 만들어 문제를 해결했다.

보통 디제잉이 끝나면 바로 돌아가는 건을 붙잡은 사장이 사무실로 그를 인도했다.

딱히 할 말이 없었던 건이었지만 자신의 테스트 무대를 제공해 주는 사장이었기에 별말 없이 그의 사무실로 따라 들어갔다. 사장은 사무실 문을 열고 정중히 소파를 권했다.

"시간을 많이 빼앗지 않겠습니다. 잠시면 됩니다, 케이."

잠시 문을 열고 팔을 안쪽으로 향하고 있는 사장을 물끄러미 본 건이 소파에 앉자 음료를 내민 사장이 말했다.

"자, 목이 타실 텐데, 이것 좀 드세요. 여쭤보고 싶은 것이 있어서 자리를 청했습니다."

사장이 내민 음료를 힐끔 본 건이 미안한 웃음을 지으며 말했다.

"감사합니다만, 클럽에서 주는 음료는 함부로 마시지 말라는 지시가 있어서요. 다음에 마실게요. 무슨 질문이세요?"

호의로 음료를 주었지만, 미리 회사로부터 안전사항에 대한 지시를 받은 건이 거절하자, 멋쩍은 웃음을 지은 사장이 말했다.

"하긴, 케이 정도 되는 분은 만사를 조심하셔야지요. 아, 다름이 아니라 저도 궁금한 일이고 우리 클럽 소속 DJ들도 무척 궁금해하는 일이 있어 여쭤보려고 합니다."

"네, 말씀하세요."

사장이 테이블 위에 놓인 음료를 옆으로 치우며 물었다.

"오늘로 벌써 여섯 번째 공연이신데, 매번 같은 곡인 것 같으면서도 또 느낌이 다른 곡이라 DJ들이 궁금해하는군요. 손님들 반응도 매번 다르고 말입니다. 아, 물론 매번 반응이 좋지만요."

건이 무슨 말이 하고 싶은 것이냐는 눈빛을 보내자 사장이 은근한 어조로 물었다.

"처음 여기 오실 때 분명 '테스트'를 하시겠다고 하셨습니다. 맞지요?"

"네, 맞아요."

"그럼 지금 하시는 것들이 모두 그 테스트를 위함입니까?"

"네, 맞습니다."

"무슨 테스트냐고 묻는 것은 실례가 될까요?"

"하하, 뭐 비밀이라고요. 음악에 여러 가지 시도를 하고 손님들의 반응을 살피는 것뿐입니다."

사장이 묻는 이유는 이런 뻔한 답이 아니었지만, 자신의 음악에 담긴 노하우를 내놓으라는 것과 마찬가지였기에 더 질문하지 않는 사장이 알겠다는 듯 고개를 끄덕였다.

"대단한 분이군요, 괜히 인기가 많은 것이 아니었어요, 알겠습니다. DJ들에게는 그렇게만 전하지요. 아, 그리고 지난주에 팡타지오와 정식 계약을 했습니다만, 아직 저희에게 넘겨주실 음악의 이름도 알지 못하고 있군요."

"이름을 붙이지 않았어요, 적당히 이름을 붙여주시면 될 것 같습니다."

사장이 주위를 슬쩍 둘러본 후 몸을 숙이며 물었다.

"그럼…… 음악은 첫 공연 때 음원을 주시는 겁니까, 아니면 현재 음악을 주시는 겁니까?"

사장은 시시때때로 바뀌는 손님들의 반응이 점점 열광적으로 변해가는 것을 보고 있었기에 마지막까지 작업이 완료된 파일을 받기를 원했다.

긴장된 표정으로 건의 말이 떨어지기를 기다리던 사장을 본 건이 피식 웃으며 말했다.

"어차피 습작이지만, 기왕이면 도와주신 분께 완성도 높은 음악을 드려야죠. 작업이 최종 완료된 파일로 전달 드릴게요. 다음 공연까지가 계약이었으니까, 금요일 공연이 끝난 후 넘겨

드리겠습니다."

사장이 안도의 한숨을 쉬며 반색했다.

"이거 정말 감사합니다, 하하. 다른 클럽에는 안 주실 거죠?"

"후후, 그럴 리가요. 음원 등록을 안 했으니 자유롭게 사용하세요. 다른 클럽에 주신다고 해도 문제 삼지 않겠습니다. 단, 제 이름은 사용하지 말아주세요, 습작이니까요."

"물론입니다, 케이의 이름을 달았다면 더 대단한 호응을 얻겠습니다만, 지금도 이미 수용 불가할 만큼 손님들이 밀려오니까요. 그보다 부탁 하나만 드려도 될까요?"

"네, 무엇인가요?"

사장이 살짝 곤란하다는 표정을 지으며 은근한 어조로 말했다.

"어차피 얼굴을 공개하지 않으시고 딱히 디제잉 시 다른 조작을 하지 않으셨으니…… 저희가 대역을 좀 세웠으면 합니다. 갑자기 DJ가 사라지고 음악만 나오면 손님들이 이상하게 생각할 테니까요."

"하하, 그렇게 하세요."

"휴 감사합니다. 실은 이 음악을 우리 클럽 소유로 한다는 소문이 DJ들 사이에서 퍼져 나가는 바람에 케이가 클럽을 떠난 후 자신에게 이 음악을 달라고 조르는 DJ들이 많거든요. 괜히 그들이 디제잉 한답시고 음악을 망칠까 봐 부탁드린 것입니다."

"배려해 주신 것이군요, 제 쪽에서 감사드립니다."

"아닙니다. 귀한 시간 내주셔서 감사합니다, 케이. 그럼 피곤하실 텐데 어서 들어가 보세요."

"네, 그동안 감사했습니다."

"하하, 아직 공연이 한 번 더 남았는데 벌써 이별 인사를 하시면 서운합니다?"

"그렇군요, 하하."

두 사람이 일어나 힘차게 악수를 나누었다.

마지막 공연이 문제없이 끝나고 이틀 후.

오늘도 어김없이 10시간을 꽉 채워 영어 공부를 한 윤정과 진연이 지친 표정으로 연습실 바닥에 주저앉았다.

건과 다르게 딱히 자신의 공간이 없었던 두 사람은 댄스 연습실 한켠에 있는 카페테리아에 앉아 공부를 했기에 연습실에 널브러져 있는 것이었다.

마룻바닥에 드러누워 버린 진연이 퀭해진 얼굴을 쓰다듬으며 천장을 보았다.

"후아, 벌써 한 달이나 지났네, 좀 있으면 이사님이 테스트 보실 텐데 통과할 수 있을까?"

윤정은 진연과 달리 조금 밝은 표정으로 영어 학습지를 넘겨 보았다.

“자신감을 가져! 너 잘 하던데 뭐. 엄살 피우고 그래? 너 어제 보니까 오피스텔 경비 아저씨랑 이야기도 하던데 뭐, 그 정도면 됐잖아.”

진연이 자리에서 상체를 벌떡 일으키며 밝은 표정을 지었다.

“그때 봤었어? 와, 완전 신기하지 않아? 내가 미국 경비 아저씨랑 이야기하고 있다니 말이야!”

“키킥, 그래 나도 어제 편의점에 갔었는데 직원이 말하는 거 전부 알아듣겠더라고, 한 달 딱 교육받았는데 이 정도라니, 나 천재일까? 히히.”

“히히, 우리 둘 다 천재인데 지금까지 모르고 산 것 아닐까? 크큭.”

농담을 하며 키득거리던 진연이 다시 드러누워 천장을 물끄러미 보다가 말했다.

“있잖아…… 믿어져? 지금 우리가 팡타지오 연습실에 누워 있다니 말이야.”

학습지를 보던 윤정이 고개를 들고 미소를 지었다.

“오피스텔 위층에는 시즈카 언니가 살고.”

진연이 웃으며 윤정에게 고개를 돌렸다.

"사무실에 오면 언제나 케이 오빠가 미소 지으며 반겨주고."

윤정이 맞장구치며 말했다.

"사무실 위층에는 스넵독과 네미넴이 있고."

"TV에서만 보던 린 이사님이랑 구내식당에서 밥 먹으며 이야기도 나누고."

"케이 오빠 매니저인 병준 아저씨가 매니저가 아닌 건 좀 서운하지만."

"키키, 병준 아저씨한테 아저씨라고 부르니 표정 변하는 거 봤어?"

"히히, 케이 오빠랑 세 살 차이인데 왜 자기는 아저씨냐고 부르짖던 거?"

"키득키득, 그 아저씨 되게 재미있어."

다시 농담을 하며 웃던 두 사람이 자동문 열리는 소리에 고개를 들었다가 클라라가 들어오는 것을 보고 황급히 자리에서 일어났다.

클라라는 쉬고 있던 두 사람에게 손짓하며 말했다.

"그냥 편하게 계세요, 힘드실 텐데."

진연이 자리에서 일어나려다가 바닥에 앉은 채 물었다.

"안녕하세요, 클라라."

"네, 영어 공부는 잘하고 있지요?"

"네, 조금씩 자신감이 붙고 있어요. 헤헤."

"그렇군요, 다행입니다. 내일은 수업이 없고 다른 스케줄이 잡혀 있으니까 아침 10시까지 오세요."

윤정이 고개를 갸웃하며 물었다.

"수업이 없는 건 좋은데…… 다른 스케줄이라니요?"

클라라가 두 소녀를 보며 빙긋 미소를 지었다.

"케이로부터 전언입니다. 바람의 노래가 완성되었다고 하네요, 내일 녹음을 들어가고, 그 후에는 영어 수업은 하루 네 시간만 진행하고, 안무 연습에 들어가게 될 겁니다."

윤정과 진연이 누가 먼저랄 것도 없이 소리를 질렀다.

"꺄아아악! 진짜요? 우리 이제 춤 연습할 수 있는 거예요, 클라라?"

"드디어! 드디어 연습 시작하는 거예요? 녹음도 하고? 꺄아아악! 이렇게 빨리 될 줄은 몰랐어요!"

클라라가 눈웃음을 지으며 말했다.

"앨범 발표를 하는 대략적인 일정이 공개되어 있기에 시간을 맞춰야 하거든요. 11월 말에 내놓으려면 지금부터 연습하셔야죠. 내일 녹음하셔야 하니 목 관리에 신경 써주세요."

진연이 자리에서 벌떡 일어나 기지개를 켜며 밝게 웃었다.

"그럼요! 신난다! 에헤헤헤!"

클라라가 짙은 미소를 지으며 말했다.

"신나요? 과연 내일도 같은 말을 할 수 있을까요?"

진연이 기지개를 켜던 것을 멈추고 물었다.

"네? 왜요, 내일 녹음하는 거 아니었어요?"

"호호, 맞아요."

"그런데 왜 내일도 같은 말을 할 수 없다고 하세요?"

"케이와 녹음해 본 경험이 없으시니 뭐라고 말씀드리기 어렵겠네요, 호호. 아, 저기 케빈이네요."

연습실 문 앞을 지나던 케빈이 자동문이 열리며 클라라가 보이자 손을 흔들었다.

"어, 클라라. 아직 퇴근 안 하셨네요."

한 달가량 팡타지오로 출근했기에 케빈과도 친해진 두 소녀가 손을 흔들었다.

"오빠, 안녕하세요."

케빈이 미소 지으며 마주 손을 흔들었다.

"그 오빠 소리는 뭔가 마성이 있는 것 같아. 그냥 부르는 건데 왜 이리 기분이 좋지? 키키."

"헤헤, 좋으시면 계속해 드릴까요? 오빠, 오빠, 오빠?"

케빈이 양팔을 뻗으며 기분 좋은 바람을 느끼듯 눈을 감고 웃는 것을 본 클라라가 웃으며 말했다.

"두 사람, 내일 케이와 녹음이 있어요, 선배로서 해줄 말씀 없나요?"

기분 좋은 웃음을 짓던 케빈의 표정이 순식간에 굳어졌다.

불쌍한 눈으로 두 소녀를 본 케빈이 고개를 절레절레 흔들며 말했다.

"내일은 지옥일 거야, 뭘 상상하든 그 이상일 테니 각오하고 오라고."

자신들을 마치 길거리에 나 앉은 거지를 보듯 불쌍하게 보는 케빈을 아연실색한 얼굴로 보고 있는 두 소녀였다.

클라라는 영문을 모르겠다는 표정을 짓고 있는 두 소녀를 보고 웃었고, 두 소녀의 어깨를 툭툭 쳐준 케빈이 고개를 저으며 방을 나섰다.

"쯧쯧, 내일이 되면 다 알게 될 것이니…… 미리 겁먹지 말라고 말하고 싶지만, 겁을 먹을 수밖에 없을 것이다…… 에혀."

어젯밤 케빈과 클라라와의 대화 때문이었을까, 알 수 없는 긴장감과 초조함에 밤잠을 설친 윤정과 진연이 아침 10시로 약속된 시간보다 조금 일찍 도착해 조심스러운 손길로 케이 플로어를 눌렀다.

곧 엘리베이터가 도착하는 소리가 울리고, 건의 사진으로 장식된 멋들어진 복도가 펼쳐졌다.

눈치를 보며 자동문을 열자 언제나처럼 따뜻한 표정과 친절한 목소리의 건이 환한 얼굴로 반겨주었다.

"어, 윤정이, 진연이 왔구나?"

평소 같았으면 당장 달려가 팔을 붙잡고 애교를 부렸을 둘이었지만 왠지 모르게 오늘은 건의 눈치를 보게 되었다.

건은 음악 작업 때문에 정신이 없었는지 시선을 모니터에 둔 채 가사가 적힌 악보를 내밀었다.

“자, 이게 바람의 노래고, 일단 두 사람 목소리를 들어보고 어울리는 구간을 정할 거니까, 처음부터 끝까지 한번 불러보도록 해. 연습 시간은 20분 줄게.”

두 손으로 공손히 악보를 받아 든 진연이 떨리는 목소리로 중얼거렸다.

“진짜…… 우리가 케이 오빠 노래를 부르는구나.”

윤정 역시 다시 작업에 몰두하는 건의 뒷모습을 보며 소파로 가 앉았다.

“댄서로만 써주셔도 감지덕진데 진짜 노래까지 시켜주실 줄이야.”

윤정은 조금 늦게 소파로 와 앉은 진연에게 결연한 표정을 지으며 말했다.

“최선을 다하자. 좀 혼나면 어때, 그리고 오빠 저 성격에 혼나 봐야 얼마나 크게 혼내시겠어. 그냥 최선을 다하자, 진연아.”

“응! 알았어, 연습해 보자.”

두 사람이 연습하기 시작하자, 모니터를 보고 있던 건의 귀가 쫑긋거렸다.

윤정의 보이스와 진연의 보이스는 확연한 차이가 있었다. 그도 그럴 것이 윤정의 블랙걸즈는 걸즈 힙합을 모토로 보이쉬한 힙합을 하던 걸그룹이었고, 진연의 B to C는 파릇파릇한 소녀들의 첫사랑 같은 음악을 해왔기 때문이다.

윤정은 조금 허스키하고 중저음이 매력적이었고, 진연은 맑은 음색의 고음이 매력적이었다.

모니터를 보고 있던 건이 턱을 쓸었다.

'윤정의 목소리는 배경이 되는 음악 소리를 줄여야 잘 어울리겠구나, 반대로 진연은 고음을 소화할 때 화음을 소화하는 것이 포인트겠군.'

이미 자신들에 대한 평가가 이루어지고 있는지 모르는 두 소녀는 악보를 보며 목이 터져라 노래 연습을 하고 있었다. 잠시 두 사람에게 시간을 주었던 건이 자리에서 일어나 소파로 다가왔다.

건이 일어나자마자 노래를 멈춘 두 소녀가 조금 긴장한 표정으로 건을 보자, 건이 웃으며 말했다.

"너무 긴장하지 말고, 윤정이부터 녹음 부스로 들어와."

윤정이 진연을 살짝 보며 마른 침을 삼킨 후 자리에서 일어나자 진연 역시 함께 일어나 녹음 부스 근처를 서성거렸다.

부스 안에 들어가 헤드폰을 쓰고 마이크 스탠드 앞에 선 윤정이 보면대에 악보를 놓고 눈을 감았다.

부스 안쪽으로 연결된 앰프에서 건의 목소리가 울렸다.

"자 Verse 1부터 갈게. 첫 부분은 조금 조용하게 시작해서 여덟 마디 이후부터는 계속 빠른 박자로 가게 될 거야, 악보 봤으니 알겠지?"

걸그룹이었지만, 트레이닝을 제대로 받은 두 사람은 악보를 읽는 것과 포인트를 집어내는 능력을 훈련받은 상태였다.

눈에 힘을 주고 결연한 표정을 지은 윤정이 부스 밖 창문으로 보이는 건에게 눈짓하자, 건이 음악을 재생했다.

조용하고 느리게 시작하는 첫 전주가 시작되고 눈을 꼭 감은 윤정이 두 손을 가슴에 모으고 노래를 하기 시작했다.

언젠가 누가 그랬어.

내가 누군가를 사랑하는지 생각해 보기 위해.

가던 길을 멈추었다면 이미 그 사람을 사랑하지 않는 것이라고.

키스카의 가사를 낮은 중저음으로 읊조리듯 부르는 윤정의 목소리가 너무 좋았는지 진연이 몽롱한 표정으로 윤정을 보았다.

자신에게는 없는 목소리였기 때문에 생긴 일종의 동경이었지만, 그녀의 생각은 곧 음악을 멈춰 버린 건으로 인해 깨어져 버렸다.

"윤정아, 첫 소절 '언젠가'에서 발음이 뭉개지고 있어. 영어라 익숙하지 않아 그런 것 같으니 몇 번 혼자 연습하고 다시 녹음할게."

윤정이 고개를 끄덕이며 계속 같은 발음을 연습했다.

눈을 질끈 감고 최선을 다하고 있는 그녀를 본 건이 미소를 지으며 진연에게 말했다.

"진연이도 같은 구간을 확인해야 하니까, 지금 내는 피드백 확실히 익혀두고 있어."

"네, 오빠."

"좋아, 윤정아. 다시 한번 가자."

점심이 살짝 지난 시각.

오늘 구내식당에 제육볶음이 반찬으로 나온다는 것을 확인하고는 아침부터 점심시간만을 기다렸던 스넵이 네미넴과 오랜만에 팡타지오로 찾아온 닥터 브레와 함께 이야기를 나누다 늦은 점심을 먹기 위해 구내식당을 찾았다.

"빨리 와봐. 헤이 닥터, 너 제육볶음이 뭔지 모르지? 죽여준다고. 아~ 침 고여."

한 번도 제육볶음을 먹어보지 않은 닥터 브레가 웃으며 주머니에 손을 넣고 걸었다.

"그래, 알았다고. 뭔지 모르지만 먹어보지 뭐."

후드를 뒤집어쓰고 함께 걷던 네미넴도 고개를 끄덕이며 동조했다.

"나도 저 녀석이 하도 맛있대서 먹었는데 조금 맵긴 해도 입에 맞더라. 너도 좋아할 거야."

"그게 그렇게 맛있어? 그런데 왜 미국에는 파는 가게가 없지?"

닥터 브레의 물음에 스넵이 흥분하며 말했다.

"그러니까 말이야! 네미넴, 너 나랑 프렌차이즈 할래? 제육볶음 레스토랑 말이야."

"아아, 난 사업에 관심 없으니 너나 해라."

"에이씨, 이런 건 널리 퍼뜨려야 되는데……. 어, 윤정이다."

스넵의 말에 네미넴이 고개를 내밀자 고개를 푹 숙이고 젓가락에 밥을 한 두 알씩 올려서 겨우 입에 넣고 있는 윤정과 진연이 보였다.

닥터 브레는 두 사람을 처음 보는 것이었지만 수많은 기사를 통해 두 사람의 사진은 많이 보았기에 인사라도 나누려고 먼저 말을 걸었다.

"헤이! 너희가 윤정, 진연인가? 반가워, 나 누군지 알지?"

갑자기 말을 걸어오는 닥터 브레를 멍한 표정으로 보던 진연이 그를 한참이나 바라보았다.

생기 없는 눈빛에 힘이 돌아오는 데까지는 몇 초의 시간이 필요했고, 점점 눈이 커진 진연이 자리에서 벌떡 일어나 구십도로 인사를 했다.

"아! 아아, 아, 안녕하세요!"

윤정은 닥터의 말에 신경을 쓸 틈이 없었는지 고개를 숙이고 있다가 갑자기 일어나 큰 소리로 인사하는 진연 덕에 고개를 들어 닥터를 보고는 눈이 커져 벌떡 일어나 함께 인사했다.

"안녕하세요! 안녕하세요! 윤정입니다!"

익숙하지 않은 동양식 인사에 놀란 닥터 브레가 두 사람의 어깨를 토닥거리며 말했다.

"그래, 반가워. 이번에 너희가 녹음하는 바람의 노래도 프로듀싱은 케이가 맡겠지만 마스터링이랑 믹싱은 내가 하게 되었으니 잘 부탁해."

"네네! 가, 감사합니다. 영광입니다!"

스넵이 벌써 식판에 음식을 받아 들고 윤정, 진연의 맞은편에 앉으며 말했다.

"여어, 닥터. 빨리 가서 음식이나 받아 오셔."

"어, 알았어. 받아 올게."

네미넴과 닥터 브레가 음식을 받아 오기 위해 사라지자 익숙하지 않은 젓가락을 집어 던지고 숟가락으로 제육볶음을 퍼 밥에 올린 후 흡입하기 시작하는 스넵이었다.

거구의 흑인이 제육볶음을 먹는 모습이 생소했던 윤정과 진연이 자신을 힐끔거리자 밥을 먹던 스넵이 입가에 묻은 밥풀을 혀로 핥으며 말했다.

"그런데 너희들 왜 그리 힘이 없어?"

한 달 반가량의 영어 교육이었지만 하루 열 시간 이상 강행군에, 숙제도 엄청나 숙소에서도 공부만 했던 두 사람은 어느 정도 의사소통이 가능한 상태였다.

하지만 스넵의 앞에서 녹음이 힘들다고 투정을 부리면 건의 귀에 들어갈지도 모르기에, 입을 닫아버리는 두 사람이었다.

가만히 침묵하고 있는 두 소녀를 보던 스넵이 음식을 받아 들고 자리에 앉는 네미넴과 닥터 브레를 보았다.

닥터 브레는 궁금했던지 앉자마자 제육볶음 한 점을 먹어 보고는 환한 표정이 되었다.

"엑설런트! 와우! 이런 게 있었어? 헤이, 스넵. 제육볶음 나오는 날 나한테 전화 좀 해줘라. 여기 와서 밥 먹게."

"킥킥, 죽이지? 봐 내가 뭐랬어."

"진짜 맛있구나, 크크."

한참 말없이 음식을 퍼먹던 닥터 브레가 깨작거리며 음식을 먹는 네미넴을 슬쩍 보며 물었다.

"뭐야, 넌 맛 없어?"

네미넴이 후드를 벗으며 젓가락을 놓고 한숨을 쉬었다.

"어, 입맛이 없네."

후드를 벗어서 드러난 그의 얼굴을 본 닥터 브레가 놀란 표정으로 물었다.

"뭐야, 애 얼굴 왜 이래? 다크서클 봐. 어디 아프냐?"

스넵이 키득거리며 말했다.

"아냐, 저 녀석. 어제 케이랑 녹음 떠서 그래."

스넵의 말에 윤정과 진연이 번쩍 고개를 들었다.

두 소녀의 반응을 이상한 눈으로 보던 닥터 브레가 물었다.

"왜, 케이랑 녹음 떴는데 그게 왜?"

스넵이 네미넴을 보며 놀리듯 손가락질을 했다.

"케이랑 녹음을 열 시간 했는데 결국 녹음을 못 끝냈거든, 킥킥 저 녀석 자기 인생에서 음악 가지고 그렇게 많은 잔소리를 듣게 된 건 처음일걸, 크하하하."

네미넴이 스넵을 째려보며 말했다.

"넌 끝났다 그거냐?"

"크하하, 난 끝났지! 으하하하."

네미넴이 삿대질을 하며 소리쳤다.

"사흘 동안 잠도 못 자고, 너희 방 침실에서 혼자 울고 있던 거 다 봤어! 남자 놈이 녹음할 때 잔소리 들었다고 울기까지 하다니! 창피한 줄 알아야지, 어딜 남을 놀려!"

윤정과 진연이 고개를 획 돌리자 얼굴이 붉어진 스넵이 외쳤다.

"우, 울긴 누가 울어. 이 자식아! 아, 안 울었어!"

"거짓말 마! 그리고 난 이제 하루 녹음했어, 넌 삼 일 내내 했잖아!"

"그, 그건 내가 마음에 안 들어서 다시 한 거야!"

"웃기지 마, 케이가 하는 말 다 들었어! 너 한 글자씩 지도받은 거 다 알거든!"

"이 자식이, 애들 앞에서! 조용 안 해!"

고성을 지르는 두 사람에게 식사 중이던 직원들이 시선을 집중하자 닥터 브레가 박수를 치며 상황을 진정시켰다.

"자자, 진정하고. 그러니까 케이가 프로듀싱을 까다롭게 한다는 거야? 스넵 너 같이 베테랑한테도?"

스넵이 제육볶음을 비벼 둔 밥에 숟가락을 쑤셔 넣으며 말했다.

"그래, 그런데 하는 말 족족 다 옳은 이야기만 하니까, 반발도 못 해 지독한 녀석 같으니."

닥터 브레가 네미넴에게 고개를 돌리며 말했다.

"그래서 넌 이 꼴이고?"

네미넴이 다시 후드를 뒤집어쓰고 팔짱을 끼며 고개를 끄덕이자 닥터 브레가 윤정과 진연을 가리켰다.

"얘네도 네 꼴이랑 좀 비슷한데?"

세 사람이 동시에 윤정과 진연에게 고개를 돌리자, 두 소녀가 물 만난 고기처럼 맹렬히 고개를 끄덕이며 동조했다.

"맞아요! 오전 내내 시달렸어요, 흐에에엥!"

"세 시간 녹음해서 딱 세 글자 녹음했어요, 어떡해요! 흐앙!"

자신들과 동질감을 느꼈는지 수다를 시작한 두 소녀가 끊임없이 입을 놀리며 불만을 토해내자 가만히 듣고 있던 닥터 브레가 말했다.

"음악을 20년이나 한두 사람도 삼 일이나 걸렸는데 그럼 두 사람은 며칠이 걸린다는 거야?"

그의 말에 조개처럼 입을 다문 윤정과 진연이 표정이 싹 바뀌었다. 식은땀을 흘린 윤정이 숟가락을 툭 떨어뜨리며 중얼거렸다.

"진연아…… 우린 끝났어……."

◈ 6장 ◈
Coming Soon(1)

윤정과 진연의 녹음은 십 일 만에 종료되었다.

음악에 대해서만은 양보를 모르는 건은 싱글싱글 웃으며 따뜻한 말투로 말했지만, 윤정과 진연의 기억 속에 남은 건의 목소리는 몇 개 안 되었다.

"다시."

"한 번 더."

"한 번만 더 가자."

"거긴 조금 더 강하게 해줄래?"

"마지막으로 한 번만 더 가보자."

"이번이 진짜 마지막이야, 힘내자."

"좋아, 아주 좋았어. 한 번만 더 하면 최고일 것 같아."

"그래! 그거야! 그런 감정으로 한 번만 더 가자!"

힘을 주는 듯, 긍정적인 듯한 피드백이었지만 결국 건이 원하는 것은 언제나 '한 번만 더' 였다.

마지막에 마지막까지 포기를 모르는 건은 힘들지도 않은지 매일 열 시간 이상 녹음을 진행했다.

그리고 열흘째 되는 날, 건의 입에서 웃음 어린 '녹음 종료'라는 말이 떨어지자 기뻐 날뛰어야 할 소녀들은 바닥에 드러누워 버렸다.

소파도 아닌 바닥에 쓰러져 버린 두 소녀에게 다가가 수고했다는 듯 어깨를 두드려 주는 건의 따뜻한 웃음은 두 소녀에게 위로가 아닌 악마의 웃음으로 보였다.

한참 바닥에 누워 지친 몸을 가누지 못하던 두 사람이 자동문 열리는 소리에 누운 채 고개만 돌렸다가 린과 닥터 브레가 들어오는 것을 보고 얼른 자리에서 일어났다.

닥터는 소녀들이 바닥에 널브러져 있고, 음료수를 마시며 창틀에 앉아 웃고 있는 건을 보고는 녹음 종료를 눈치채고 반색하며 말했다.

"오! 끝났어? 드디어 끝났구나, 크크 축하해, 윤정, 진연."

폭풍 수다를 떨고 싶었지만, 옆에 서 있는 린의 눈치를 본 윤정과 진연이 살짝 고개만 끄덕였다. 소녀들을 본 린이 소파에 앉으며 건에게 말했다.

"땅의 노래는 어떻게 되었나요?"

건이 창틀에 앉아 있던 루시를 번쩍 들어 가슴에 품고 소파로 다가왔다.

"네미넴이 양해해 줘서 밤에 녹음을 진행했고, 이틀 만에 끝냈어요."

닥터가 피식 웃으며 휘파람을 불었다.

"킥킥, 스넵은 삼 일 걸렸다던데 또 이걸로 한참 싸우겠구먼, 이번엔 네미넴의 승리군. 크크."

린이 고개를 끄덕이며 소파 옆에 공손히 서 있는 두 소녀를 보았다.

"서 있지 말고, 앉으세요."

아직 린이 어려웠는지 린이 앉은 쪽이 아닌 십 일이나 자신들을 괴롭힌 건의 옆에 와 앉는 두 소녀였다.

아직도 눈치를 보는 두 소녀를 지그시 보던 린이 다시 말했다.

"이제 본격적인 준비가 들어가야 하는데, 남은 작업이 무엇이죠?"

건이 닥터를 슬쩍 본 후 웃었다.

"이제 저와 닥터의 작업만 남았어요, 보컬 라인의 제 부분은 아직 녹음을 안 했는데, 녹음 시에 닥터가 프로듀싱을 봐줄 거고요."

닥터가 엄지손가락을 치켜드는 것을 본 린이 다시 물었다.

"불의 노래는 어떻게 되었나요?"

"보컬 라인 외에 녹음 종료예요. 그걸 제일 먼저 끝냈었으니까요."

"미스터 호지슨, 아니, 아더는 언제 미국으로 온다고 하나요?"

"녹음은 종료해 놨으니 일단 돌아가서 사업을 좀 보고, 앨범 발매 시기의 활동을 어떻게 하느냐에 따라 스케줄을 조정하기로 했어요."

"좋습니다. 그럼 앨범 작업이 완전히 완료되는 시기는 언제인가요?"

건이 잠시 입술을 내밀며 고민해본 후 말했다.

"앞으로 일주일 안에 끝나요."

린이 테블릿 PC로 캘린더를 확인 후 고개를 끄덕였다.

"좋습니다, 11월 말까지는 준비가 가능하겠군요, 이번에도 역시 오프라인으로 앨범을 내시고, 한 달 후에 스트리밍 사이트에 오픈하실 예정인가요?"

"음…… 그건 린 이사님께 맡기려고요."

"호호, 제가 온라인으로 바로 오픈하자고 하면 반대하실 거잖아요?"

"히히…… 그건 그렇죠."

"알겠습니다, 앨범 작업 종료 후 바로 제작 주문하겠습니다."

몬타나의 Fury가 현재까지 칠백 만장이 넘는 판매고를 달성했다는 것을 알고 있던 닥터가 물었다.

"얼마나 생산하게요? 초기 물량이니까 한 백만 장쯤 찍으실 건가요?"

닥터의 질문에 잠시 텀을 둔 린이 자신을 보고 있는 네 사람을 보며 말했다.

"천만 장입니다."

경악한 닥터가 말을 잇지 못하자 윤정이 소리쳤다.

"네? 천만 장이라니요, 이사님."

건은 그리 놀라지 않고 린을 바라보았다. 그만큼 린을 믿고 있기 때문이었다.

그런 건의 눈빛을 읽은 린이 포근한 표정으로 말했다.

"뉴욕 다운타운 병원의 래리 과장님이 의학 세미나에서 물의 노래에 대한 효과를 발표하셨습니다. 의학계에서 연락이 와 이미 선 주문 백 만장이 들어와 있고요, 전 세계에 있는 음반 판매 상점에서 선 주문 문의 전화가 지속되고 있습니다. 팡타지오 분석팀에서 분석한 결과로 결정된 것이에요."

홀린 듯한 표정으로 린을 보고 있던 닥터가 중얼거리듯 말했다.

"20년 전도 아니고…… 지금 만 장을 넘는 것이 가능할까요?"

"치밀하게 계획을 세워야겠지요."

"좋은 방법이 있으십니까?"

린이 고개를 끄덕이며 말했다.

"일단 윤정과 진연은 내일부터 안무 선생님 지도 하에 댄스 연습에 들어갈 것입니다. 바람의 노래부터, 땅의 노래, 불의 노래를 마지막으로 물의 노래를 제외한 모든 곡의 뮤직비디오가 제작될 것이며, 순차적으로 오픈할 예정이에요."

이것은 건도 예상 못 했는지 그의 질문이 이어졌다.

"세 곡을 전부요?"

"네, 전부 제작할 것입니다. 윤정과 진연의 연습 시간이 필요하니 일단 불의 노래부터 제작에 들어갈 것이니 아까 말씀하신 일주일의 스케줄을 지켜주세요. 스탭들을 준비시키겠습니다. 뮤직비디오 컨셉 및 기획은 제가 직접 진행할 것이고, 공연은 이병준 실장이 기획하기로 했으니 그리 알고 계시고요."

"공연이요?"

"네, 내년 초에 투어를 계획할 생각이에요."

"음…… 그렇군요. 바쁘겠네요."

"그렇지요, 그럼 바로 작업을 시작해 주세요, 전 준비를 해야 하니 그만 돌아가겠습니다."

“네, 이사님. 잘 부탁드려요.”

“호호, 맡겨두세요.”

린이 자리를 뜨자 건이 닥터에게 손짓하며 말했다.

“닥터, 그럼 우린 바람의 노래 마무리 작업을 해볼까요?”

닥터가 과장된 손짓을 하며 웃었다.

“어이, 내가 프로듀서야. 나한테 잔소리할 생각하지 마, 네미넴과 스넵한테 다 들었다고.”

“하하, 알았어요. 잘 부탁드립니다, 프로듀서님.”

건이 녹음하는 모습을 처음 보기에 구경하려고 남은 윤정과 진연은 바람의 노래 보컬 라인을 한번 부르고 오케이 사인을 내 버리는 닥터의 모습을 보고 어이없는 표정을 지었다.

하지만 자신들이 보기에도 완벽한 보컬로 노래하는 건 덕에 뭐라 말도 못 한 윤정이 고개를 푹 숙였다.

“뭐야, 저 오빠는…….”

진연이 부스 안에서 노래하는 건에게서 눈을 떼지 못하며 말했다.

“일주일은 무슨…… 하루면 세 곡 다 끝내겠는데…….”

오케이 사인을 한 닥터였지만 부스 안에서 뭔가 마음에 안 드는지 재녹음을 요구하는 건은 결국 밤늦은 시간까지 바람의 노래를 녹음했다.

11시가 넘어가자 소파에 누워 잠이 들어버린 두 소녀는 새

벽 두 시가 넘어서야 자신들을 깨우는 건 덕에 숙소로 돌아갈 수 있었다.

♪♪♩

며칠 뒤 팡타지오의 사무실 앞에 촬영 스탭들이 부산하게 움직이며 뭔가를 준비하는 모습이 기자들에 의해 포착되자 세계는 드디어 건의 정규 앨범이 공개될 날이 머지않았음에 열광했다.

매시간 팡타지오의 사무실을 들락거리는 스탭들의 파파라치 사진들이 인터넷을 통해 공개되었다.

그리고 팡타지오가 앨범 제작 공장에 초기 생산물량으로 천만 장의 주문을 나누어 넣었다는 소식까지 들려오자 세계는 그야말로 열광의 도가니에 휩싸였다.

아직 11월 말이 되려면 약 1개월이 남았지만, 팡타지오의 홈페이지에 11월 중순에 앨범 선 주문예약을 받는다는 공지가 나오자, 일반인들보다 앨범 판매업자들의 문의가 빗발치기 시작했다.

여러 번의 경험으로 이 사태를 예견한 린은 고객센터 전문 하청 업체에 의뢰하여 응대하였고, 11월 초까지 음반 판매업자들의 선 주문은 이미 오백만 장을 넘어버렸다.

앨범 작업을 완료하고 닥터의 마지막 마스터링 작업만을 남겨둔 건은 매일 들려오는 희소식에 가벼운 미소를 지으며, 닥터와 함께 후반 작업에 열을 올렸다.

매일 새벽까지 이어지는 마스터링 작업에 피곤할 만도 했지만, 처음 발표하는 정규 앨범인 만큼 건 역시 피곤한 줄 모르고 작업에 열중했다.

윤정과 진연은 매일 안무 지도 선생님과 연습에 열을 올렸고, 쉬는 시간에는 케이 플로어에 놀러 와 건과 함께 시간을 보냈다.

시즈카와 케빈 역시 앨범 발표 초읽기가 되자 건의 사무실에 방문하는 일이 늘었고, 이날도 어젯밤 스넵에게 붙잡혀 늦게까지 술을 마신 케빈을 제외한 시즈카, 윤정, 진연이 건의 방 소파에 앉아 담소를 나누고 있었다.

시즈카가 따뜻한 차를 담아온 보온병에서 차 한잔을 따라 건에게 내밀었다.

"이것 좀 드셔보세요, 호우지차(ほうじ茶) 인데, 엄마가 일본에서 보내주셨어요."

아침저녁으로 찬 바람이 불어오는 날씨라 그런지 따뜻한 차 한 잔이 그리웠던 건이 고마운 표정으로 차를 받아 들고 호호 불어가며 마시자, 시즈카가 만족스러운 표정으로 윤정과 진연에게도 한 잔씩 차를 따라 주었다.

건에게 막연한 동경을 품고 있는 두 사람은 건을 남자라기보다는 대선배, 존경하는 뮤지션으로 보고 있다는 것을 알아챈 시즈카는 두 사람을 경쟁자로 보지 않았기에 셋은 금방 친해졌다.

따뜻한 사무실 안에서 네 사람이 수다를 떨며 요새 있었던 일을 이야기하는 도중, 엘리베이터가 도착하는 소리가 들렸다.

케이 플로어는 해당 층에 서지 않는 엘리베이터의 도착 알림음이 들리지 않게 설계되어 있어, 엘리베이터 소리가 났다는 것은 케이 플로어에서 누군가 내렸다는 뜻이었기에 네 사람은 복도에서 들리는 발소리에 신경을 집중했다.

남자의 발걸음 소리가 아닌 듯 높은 구두 특유의 소리가 나자, 클라라라고 생각했던 건이 시즈카에게 말했다.

"차 남았어? 클라라한테도 한 잔 주자."

"네, 있어요."

시즈카가 차를 따라 모락모락 김이 나는 찻잔을 들고 열리는 자동문을 보다가 인상을 굳혔다.

잘게 손을 떤 시즈카가 입구에 서 있는 사람을 보다가 천천히 건에게로 고개를 돌렸다.

그녀의 눈에 얼빠진 표정을 짓고 있는 건이 들어왔다.

"키…… 스카?"

건의 눈앞에 170㎝를 훌쩍 넘긴 늘씬한 미녀가 긴 금발 머리를 옆으로 늘이고, 서 있는 것이 보였다. 높은 구두를 신어서인지 더 커 보이는 그녀는 스키니한 청바지에 하얀 티셔츠, 회색 롱 카디건을 입고 있었다.

잠시 건의 방 소파에 앉은 세 여자를 본 그녀가 나직한 목소리로 입을 열었다.

"또…… 늘었네?"

건이 자리에서 일어나 양팔을 벌리며 소리쳤다.

"키스카! 연락도 없이 무슨 일이야, 어제 통화할 때도 그런 말 없었잖아!"

당연히 건에게 달려와 안길 것이라고 생각했던 키스카는 팔을 벌린 건을 지그시 보다가 냉정한 표정으로 윤정과 진연을 보았다.

"당신들은 누구야?"

너무 아름다운 외모와 달리 냉정한 말투의 키스카가 뿜어내는 카리스마에 눌린 진연이 기어들어 가는 목소리로 말했다.

"우, 우리는 팡타지오 소속 뮤지션인데요……."

건이 상황을 보고 키스카가 뭔가 오해를 하고 있음을 눈치채고는 식은땀을 흘리며 다가왔다.

"아니, 키스카 그게 아니라, 이번 앨범에서 피처링을 해 줄 아이들이야. 우리 회사 소속 뮤지션."

많이 컸다고는 하지만 여전히 건을 올려다봐야 하는 키스카가 고개를 내밀고 찻잔을 들고 있는 시즈카를 노려보았다.

"시즈카 언니도 소속 뮤지션이었지."

싸늘한 그녀의 눈빛에 연신 식은땀을 흘리는 건이었다.

눈치를 보던 윤정과 진연은 키스카의 눈빛을 받고 머뭇거리며 일어났고, 시즈카 역시 어색한 분위기를 견디지 못하고 결국 일어났다.

자동문을 나가며 황급히 건에게 인사를 건넨 윤정이 엘리베이터를 타며 함께 탄 시즈카에게 물었다.

"키스카 미오치치의 캐릭터가 원래 저렇게 시크했어요? 기사에서 얼굴만 봤을 때는 너무 귀엽고 애교 많게 생겼었는데 실제로 보니 너무 차가워 보여서 놀랐어요."

진연 역시 동의한다는 듯 연신 고개를 끄덕이며 동조했다.

"맞아, 아까 나 노려보는 것 봤어? 키도 엄청 커서 위압감이 장난 아니었어, 그리고 기사로 봤을 때는 꼬맹이었는, 무슨 키가 저렇게 컸지?"

키가 큰 것에 대해서는 시즈카 역시 놀랐다.

건에게서 시즈카가 폭풍 성장을 하고 있다는 이야기는 들었지만, 어디까지나 자기 나이보다 성장이 느린 아이가 다른 아이들과 비슷한 수준으로 성장하고 있다는 뜻으로 알았지, 성인인 자신보다 클 것이라고는 생각하지 못한 시즈카였다.

하지만 키스카는 러시아인이었기에 동양인 중에서도 작은 축에 속하는 일본인에 비해 큰 것이 당연한 것이었다.

"키스카가…… 케이나 병준 실장님한테는 애교가 많은 편인데, 유독 여자들을 좋아하지 않아요. 그것도 케이의 주변에 있는 여자들은 더 싫어하는 편이죠."

윤정이 의아한 눈으로 물었다.

"어째서요? 어릴 때부터 같이 지낸 오빠 동생 사이 아니었어요? 삼촌까지는 아니더라도 오빠라고 불리기도 민망한 나이 차이라고 들었는데."

진연도 궁금했는지 시즈카를 주목하며 말했다.

"윤정이 말이 맞아요. 케이는 인기도 많고 음악 비즈니스를 하려면 여성 뮤지션들도 많이 만나는데 그걸 다 싫어하면 어째요?"

시즈카를 포함한 셋은 조지아에서 어떤 일이 있었는지 모르고 있었기에, 의아한 눈이었다. 다만 시즈카만이 조금 오랫동안 키스카를 지켜보았기에 어렴풋이 소녀가 건을 남자로 보고 있다는 것을 눈치챘을 뿐.

♪♪♩

엘리베이터에서 내린 시즈카가 쌀쌀해진 날씨에 옷깃을 여미며 4층을 올려 보았다.

여전히 키스카에 대한 첫인상을 이야기하는 윤정과 진연을 힐끔 본 시즈카가 입술을 깨물었다.

케이 플로어.

10인용 베이지색 소파에 앉은 두 사람 사이에 어색한 기류가 흘렀다. 아무 말 없이 싸늘한 눈빛으로 자리에 앉아 팔짱을 낀 채 자신을 보고 있는 키스카 덕에 어색함을 참지 못한 건이 먼저 입을 열었다.

"연락도 없이 무슨 일이야, 할머님은 어쩌고 온 거야? 그레고리는, 왜 혼자야?"

키스카가 고개를 돌려 케이 플로어의 모습을 둘러 보았다.

"난 여기 처음 오는데, 오빠 주위 다른 사람들은 다 왔다 갔나 보네."

"으응? 아, 여기…… 어때, 괜찮아?"

"멋지네. 구경 안 시켜줘?"

"어, 어 알았어."

갑자기 말을 돌리는 키스카였지만, 건은 어색한 분위기를 벗어나기 위해 케이 플로어 내부를 설명해 주기 시작했다.

처음 냉정한 표정의 키스카는 어느새 건의 팔짱을 끼고 신기한 듯 여기저기를 둘러보았다.

"이건 뭐야? 술 창고야?"

"응, 혼자 가끔 맥주를 마실 때 쓰는 거야, 손님이 오면 내드리기도 하고."

"카페테리아도 있네, 오빠 혼자 쓰는데 이런 걸 다 해줬어?"

"하하, 그러게. 린 이사님이 신경 좀 써주셨지."

케이 플로어에 있는 모든 것을 세세히 설명해 주고 녹음 부스에서 헤드폰도 쓰고 마이크 스탠드에도 서보는 키스카를 미소 띤 얼굴로 보던 건이 녹음 부스 밖의 마이크를 켜고 물었다.

"혼자 온 거야?"

부스 안에서 헤드폰을 쓰고 있던 키스카가 헤드폰에서 들려오는 건의 목소리에 고개를 끄덕였다.

"응, 혼자 왔어."

건이 부스 안의 키스카를 바라보며 다시 마이크로 물었다.

"왜, 혼자 왔어? 설마 할머님이 돌아가신 거야?"

"아니, 아직."

"아직이라고 말하면 안 되지, 키스카……."

"응, 미안. 아프진 않으셔, 그렇다고 호전되는 것도 아니라서 집으로 모셨어. 고통이 있을 거란 의사의 말에 병원에 입원하신 거였는데, 아프지 않으시다고 하시면서 집에 가시겠다고 고집을 부리셔서."

"그랬구나, 그레고리가 너 혼자 오는 걸 허락했어?"

"아니, 지금쯤 아빠가 난리 치고 있을 거야, 공항에서 바로 온 거니까."

"휴, 전화라도 해드려야겠네, 여긴 어떻게 들어왔어? 경호실에서 문 안 열어줬을 텐데."

"1층에서 린 이사님을 만났어."

"아…… 그랬구나. 다시 돌아가야 해?"

"응, 오후 비행기로."

"응? 오늘 당장? 무슨 일로 온 거야?"

"오빠 보러."

키스카의 마지막 말에 건이 입을 닫았다.

부스 안에서 헤드폰을 쓰고 있는 키스카는 건을 보고 있지 않았다.

살짝 고개를 숙이고 있는 그녀를 밖에서 지그시 보던 건이 한참 만에 다시 말문을 열었다.

"나 보러 조지아에서 여기까지 온 거야? 반나절 보려고?"

고개를 숙인 키스카가 말없이 고개만 끄덕이는 것을 본 건이 다시 물었다.

"왜?"

어깨를 움찔거린 키스카의 등이 조금씩 들썩거렸다.

그녀가 울고 있다는 것을 눈치챈 건이 당황하며 부스 안으로 들어갔다.

"키스카, 우는 거야? 왜 울어."

등을 돌린 키스카가 손으로 얼굴을 매만졌다.

키스카가 조금 진정될 때를 기다린 건이 그녀의 들썩거리는 어깨가 가라앉는 것을 보고 조용히 어깨에 손을 얹었다.

"키스카."

여전히 등을 보인 키스카가 고개를 숙인 채 말했다.

"불안해서 그랬어."

건이 키스카의 뒤에서 그녀를 안아주며 말했다.

"뭐가 불안했는데?"

건의 체온을 느끼던 키스카가 나직하게 말했다.

"나 알아. 오빠가 나 여자로 안 보는 거."

그녀를 안아주던 건의 몸이 굳었다.

생각지도 못한 말에 놀란 건이 말을 잇지 못하자 키스카는 의심이 확신으로 변했다.

자기도 모르게 볼을 타고 내려오는 눈물을 훔친 키스카가 더욱 고개를 숙였다.

"그래도 포기 안 해."

무슨 말을 해줘야 할지 몰랐던 건이 아무 말 없이 조금 더

세게 키스카를 안아주었다.

어깨 뒤에서 자신의 목을 감싸 안은 건의 팔을 매만진 키스카가 소매로 얼굴을 닦으며 살포시 웃었다.

"오늘 오빠의 시간. 나한테 줘, 부탁해."

건이 아무 말 없이 고개를 끄덕였다.

대답이 들려오지 않았지만, 뒤에서 안고 있던 건이 고개를 끄덕이는 것을 느낀 키스카가 몸을 돌리며 밝게 웃었다.

아직 눈물로 얼룩진 얼굴이었지만 키스카는 최대한 밝게 웃으려고 노력하는 듯했다.

"아이스크림 사줘. 오빠랑 그 아이스크림 가게에 가고 싶었거든."

키스카가 몸을 돌리자 자연스레 안고 있던 팔을 푼 건이 손을 내밀었다.

"그래, 가자."

키스카가 밝게 웃으며 건의 손을 잡았다. 건 역시 웃어주며 엘리베이터를 타고 내려가자, 미리 언질도 없이 내려온 건을 보고 놀란 경호원들이 다가와 물었다.

"외출하십니까? 차를 대기시킬까요?"

"아니요, 집에서 타고 온 차를 탈게요."

"아, 예. 어디로 가십니까?"

"브루클린 근처에 있을 거예요, 오늘은 밖에 있다가 바로 집으로 갈게요."

"알겠습니다, 그렇게 보고하겠습니다."

"네, 수고하세요."

건이 주차장 한구석에 대기하고 있던 레드 케슬의 차로 다가가자, 담배를 피우며 전화를 하고 있던 조직원이 급히 담배를 비벼 끄며 다가오다가 키스카를 보고 눈을 크게 떴다.

"아가씨? 키, 키스카 아가씨세요?"

키스카가 이름은 몰랐지만 익숙한 얼굴의 조직원에게 웃어주었다.

"안녕하세요, 아저씨."

"아…… 아니, 이런 이야기는 못 들었는데…… 미로슬라브님도 알고 계십니까?"

"아니요, 모를 거예요."

"이런…… 아! 죄송합니다, 타십시오."

조직원이 차 문을 열어주고 키스카와 건을 태운 후 바로 전화를 들어 미로슬라브에게 보고를 했다.

두 사람이 브루클린 브릿지 아래 아이스크림 팩토리에 도착했을 때 급히 나온 미로슬라브가 이미 가게 앞에 도착해 기다리고 있는 것이 보였다.

백 명이 넘는 조직원이 나와 아이스크림 팩토리를 통제하자, 무서운 인상의 그들로 인해 밖에 있던 사람들은 감히 가게에 가까이 오지 못했다.

미로슬라브는 키스카를 위해 뭐든 할 수 있는 사람이었고, 키스카를 누구보다도 아끼는 사람 중 하나였기에, 그녀 역시 그를 무척 반가워했다.

"미로슬라브!"

"아가씨!"

자신에게 말을 걸어주는 키스카를 처음 보는 미로슬라브가 감격한 표정으로 말했다.

"마, 말을 하시는군요! 정말이었어요!"

"헤헤, 미로슬라브. 잘 지냈어요?"

"예, 아가씨. 잘 지내고 있습니다. 그나저나 보스께서 화가 많이 나신 것 같은데 전화라도 해주시지요, 걱정을 많이 하고 계십니다."

"네, 이따가 할게요."

"네, 꼭 좀 전화 주세요, 자, 들어가시죠."

아이스크림 팩토리로 들어간 건이 오랜만에 방문한 자신을 반겨주는 직원에게 인사를 건네고 키스카가 평소 가장 좋아했던 종류를 주문한 후 그녀의 손을 잡고 창가 자리로 왔다.

유명인인 건이 늘씬한 미녀의 손을 잡고 가는 것을 본 직원이 놀라며 자기도 모르게 핸드폰 카메라를 들었다가, 험악한 인상의 조직원들이 눈을 부라리는 것을 보고는 어색하게 웃으며 핸드폰을 놓았다.

조직원 하나가 직원의 눈을 똑바로 보며 손으로 입을 왼쪽에서 오른쪽으로 잠그는 제스처를 취하자 겁을 먹은 직원이 정신없이 고개를 끄덕였다.

손님이 없는 아이스크림 가게에는 군데군데 서서 경계를 보고 있는 조직원들과 직원들만이 있었고, 건과 키스카가 앉은 창가 쪽 자리에서 멀리 떨어져 있어 두 사람의 대화를 방해할 사람은 없었다.

아이스크림이 나오자 미로슬라브가 직접 아이스크림을 받아 전달해 준 후 가게 밖으로 나갔다.

가게에 둘만 남게 되자 건이 아이스크림을 조금 퍼서 키스카의 입에 넣어주었다.

행복한 표정으로 아이스크림을 받아먹은 키스카가 입에서 녹고 있는 아이스크림을 혀로 굴리며 웃었다.

"오빠 나 이제 커서 좀 더 퍼서 줘도 돼. 너무 적어. 헤헤."

"아, 미안. 자, 더 먹어보자."

어린 아기 때부터 아이스크림을 입에 넣어주던 버릇대로 계속 키스카의 입에 아이스크림을 넣어주던 건을 행복한 표정으로 보던 키스카의 표정이 조금 슬프게 바뀌었다.

아이스크림 통 안을 바라보며 자신이 제일 좋아하는 맛 위주로 숟가락에 담아내고 있는 건을 보며 눈가를 파르르 떤 키스카가 눈에 살짝 맺힌 눈물을 아무도 모르게 훔쳤다.

'아직 날 아이로만 보고 있는 거지, 오빠. 그래서 나한테 계속 이러는 거겠지……. 그래도 괜찮아, 오랜만에 보는 거니까. 오늘은 그저 이렇게 행복하게 있을래.'

키스카의 생각을 모르는 건은 그저 아이스크림 통을 기울이며 열심히 숟가락질하고 있었다.

사랑이 듬뿍 담긴 눈으로 건을 보던 키스카가 물었다.

"앨범 작업은 어느 정도까지 됐어?"

건이 숟가락에 키스카가 좋아하는 부분을 모아 내밀며 웃었다.

"응, 마스터링 중이야. 그건 물리적인 시간이 걸리는 작업이거든, 그것만 하면 끝나. 다음 주부터 바로 뮤직비디오랑 마케팅용 사진 촬영이 있을 거야. 처음 공장에서 나오는 앨범은 키스카 거니까, 꼭 챙겨둘게."

"응, 고마워. 이제 졸업까지 몇 개월 안 남았네?"

"사실상 졸업이지 뭐, 곧 방학이고, 방학이 끝나면 졸업식만 남은 거니까."

"오빠 졸업식에는 꼭 올게."

"응, 오면 좋지. 그런데 그것보다는 할머님이 오래 사셨으면 좋겠다."

"응……."

가을 오후.

두 사람이 자리하고 있는 아이스크림 팩토리의 창가 자리에 행복하지만 조금 슬픈 기운이 맴돌았다.

뭔가 특별한 데이트는 없었다. 그저 아이스크림 가게에서 아이스크림을 먹고 레드 케슬로 돌아와 함께 놀던 소파에서 시간을 보냈다.

더 추워지면 탈 수 없는 하얀 그네에 함께 타는 일상 같은 시간을 보내는 키스카는 그것만으로 무척 행복해했다.

오후 7시 비행기였기에, 공항까지 그녀를 마중 나간 건은 사람이 많은 공항이었기에 얼굴을 꽁꽁 싸매고 그녀의 손을 잡고 걸었다.

비율 좋은 두 남녀가 공항으로 들어오자 비행기를 기다리고 있던 손님들이 두 사람에게 시선을 집중하며 웅성거렸다.

"와, 여자 봐. 엄청 예쁘다."

"남자 쪽도 얼굴을 가렸지만, 비율만 봐도 엄청 미남일 것 같은데, 모델 커플인가?"

"여자 쪽은 얼굴을 드러냈는데, 남자만 가린 걸 봐서는 남자 쪽이 유명한 사람 아닐까? 배우라던지."

"그런 것 같아, 그런데 저 여자 어디선가 본 것 같은데, 누구더라?"

"어, 나도 아까부터 뭔가 익숙한 얼굴이긴 한데 누군지 생각이 안 나네."

갑자기 훌쩍 커버린 키스카를 알아보는 사람은 없었지만, 여러 기사를 통해 키스카의 어린 시절 사진이 공개되었기에 사람들은 소녀와 닮은 그녀의 모습에 고개를 갸웃거렸다.

말없이 키스카의 손을 잡고 출국장에 도착한 건이 그녀를 마주 보며 말했다.

"조심해서 잘 가고, 아빠 화나셨으니까 가서 애교도 좀 부리고 그래."

못내 아쉬웠는지 발걸음을 떼지 못하는 키스카가 애꿎게 발을 구르며 고개를 숙였다.

무슨 말을 하고 싶었는지 입을 달싹거리며 머뭇거리는 그녀의 머리를 쓰다듬어준 건이 시계를 본 후 말했다.

"이제 가야 해. 비행기 시간 늦겠다."

가만히 건이 쓰다듬어 주는 것을 느끼던 키스카가 살짝 고개를 끄덕인 후 돌아섰다.

몇 발자국을 뗀 후 다시 고개를 돌리자 미소를 지은 건이 그 자리에 서 있는 것이 보였다.

살짝 입술을 내민 키스카가 머뭇거리며 입을 달싹거렸다.

무슨 말인지 들리지 않자 건이 고개를 빼며 물었다.

"응? 뭐라고 했어?"

키스카가 다시 입술을 달싹거렸지만 무슨 말인지 들리지 않았다. 건이 안 들린다는 듯 어깨를 으쓱하자, 키스카가 장난스럽게 웃으며 혀를 빼물었다.

갑자기 자신에게 혀를 내미는 키스카의 장난스러운 표정에 웃은 건이 다시 한번 손을 흔들어주자, 키스카 역시 크게 손을 흔들며 웃어준 후 돌아섰다.

방금 건과 눈을 맞출 때만 해도 밝게 웃던 키스카는 고개를 돌리자마자 슬픈 얼굴로 변했다.

"바보. 사랑한다고."

키스카는 그 후 다시는 뒤를 돌아보지 않았다.

출국장에서 여권과 보딩 패스를 보여주고 입장하는 것을 끝까지 지켜본 건이 입맛을 다셨다.

"쩝, 한 번 더 돌아봐 줄 거라고 생각했는데……."

키스카의 모습이 사라지고 나서도 한참 그 자리에 서 있던 건이 발걸음을 돌린 것은 그로부터 20여 분이 지난 후였다.

보고 싶었던 키스카를 보고 나면 가슴이 후련해질 것이라고 생각했지만, 짧은 만남은 서운함과 쓸쓸함만이 남았다.

터벅터벅 공항을 나서던 건이 핸드폰의 진동을 느끼고 전화를 받았다.

"네, 여보세요."

-오빠, 나야.

“어? 이 번호는 뭐야, 키스카?”

-공항 안에 공중전화.

“너 전화기는 어쩌고?”

-아빠한테 혼날까 봐 꺼놨어.

“아, 그랬구나.”

건이 손목시계를 힐끔 본 후 말했다.

“비행기 떠날 시간 10분밖에 안 남았어. 이제 타야지.”

-응…… 타야지.

“얼굴 봐서 좋긴 했는데, 아빠 걱정하시니까 다음번엔 허락 맡고 와.”

-응…….

“아침 비행기로 왔는데, 오후에 다시 가려면 많이 피곤하겠다. 비행기에서 푹 자도록 해.”

-응…….

“도착하면 꼭 전화해 주고. 걱정되니까.”

-응…….

“응 말고 딴 이야기도 좀 해, 후후.”

-응…….

“크으, 당했다. 이제 정말 끊어야지. 어서 들어가.”

-응…….

“그래, 그럼 안녕.”

-……오빠.

"어? 왜?"

-나 돌아오면 또 매일 같이 있어줄 거지?

"……그럼, 우리 키스카랑 예전처럼 매일 같이 놀아야지."

-응…… 고마워. 앨범 준비 잘 하고.

"응, 어서 들어가."

-…….

"여보세요? 끊긴 건가?"

-오빠.

"아, 안 끊겼구나."

-매일 보고 싶어. 매일 오빠 생각만 해.

"……응, 그랬어?"

-오빠는 내 생각 안 하지?

"어…… 으음. 아니, 많이 해."

-거짓말 마, 앨범 작업 준비 때문에 눈코 뜰 새 없이 바쁘면서, 무슨.

"하하, 티 났어? 요새 좀 바빴어, 미안해."

-하루에 한 번씩만 내 생각해 줘. 나랑 통화하지 않을 때도.

"……응, 알았어. 약속할게."

-진짜 약속했어! 나 인제 그만 가야 해, 조지아 가서 연락할게, 오빠!

"응! 들어가!"

끊긴 전화의 액정을 물끄러미 바라보던 건이 피식 웃으며 전화기를 주머니에 넣은 후 기지개를 켰다.

키스카가 탄 비행기가 있을 만한 방향을 본 건이 미소를 지었다.

"좋아, 이제 막바지 준비를 해볼까?"

To Be Continued